年の差溺愛婚

～年上旦那様は初心な新妻が愛しくてたまらない～

m a r m a l a d e b u n k o

高田ちさき

マーマレード文庫

目次

年の差溺愛婚
～年上旦那様は初心な新妻が愛しくてたまらない～

年の差溺愛婚

～年上旦那様は初心な新妻が愛しくてたまらない～

第一章　結婚しよう

「知央《ともひろ》くん、本当に申し訳ない」

リビングにある革張りのソファに座り、父の宮之浦健司《みやのうらけんじ》が頭を深く下げている。

いつもは温かいリビングの雰囲気が、ピンと張りつめていた。

いったい何があったんだろう。

友人との約束が急遽《きゅうきょ》キャンセルになり帰宅した。

ただいまと声をかける前に玄関にある何度か見たことのある男性の靴を見つけた。

来客が家族ぐるみのつき合いのある、霧島《きりしま》知央さんだとわかって、挨拶《あいさつ》をしようとリビングのドアノブに手をかけた瞬間、聞こえてきた父の謝罪の声に、わたし、宮之浦菫《すみれ》はその場に足を止めた。

わずかに開いていたリビングの扉から中の雰囲気がなんとなく伝わってくる。

いつもとは違う雰囲気に不安になって、行儀《ぎょうぎ》が悪いとわかっていながら扉の近くに立ち中の様子をうかがう。

「百合《ゆり》が失踪《しっそう》した」

「えっ！」

思わず声をあげてしまったわたしは、慌《あわ》てて自分の手で口をふさいだが、後の祭りだ。

どうしようと思う暇もなく、扉が中から開き、母の直子《なおこ》が厳しい表情でそこに立っていた。

「聞き耳をたてるなんて、お行儀が悪いわ」

「ごめんなさい。お母さん。でもお姉ちゃんが失踪って？」

母が肩を落としながら、小さくため息をつく。

「菫には聞かせたくなかったのだけど、とりあえず中に入りなさい」

そう言って母は、扉を開いて中に入るように促《うなが》した。

入るとすぐにこちらを見ている霧島さんと目が合う。

「霧島さん、こんばんは」

「こんばんは。おじゃましてるよ」

さっきまで難しい顔をしていた彼だったが、今はいつもと変わらない笑みを浮かべていてほっとした。

「どうぞ」

霧島さんがソファの隣を勧めてくれたので、それに従う。

母がわたしたちの向かいに座り、会話が途切れた。

みんなの表情を見たら深刻な状況だというのはわかる。そもそも失踪だなんて穏やかではない。

たしかにここ数日姉は不在だった。

しかし研究職の姉は泊まり込みで仕事をすることもよくあったので、特に気にしていなかったのだけど……。

「お姉ちゃん、どうしたの？」

詳しい話が聞きたくて父を見る。

「書置きを残していなくなった。菫にはもう少ししてから話をしようと思っていたんだが。これだ」

差し出された手紙を受け取り、封筒から中身を出す。

そこには、探さないでほしいという家出によくあるフレーズとともに、恋人と一緒だということも書かれていた。

「これって、駆け落ち⁉」

思わず声をあげて、失敗したと思ったがもう遅い。

父は頭を抱えて、母は顔色を失っている。この場で動揺していないのは、霧島さんだけ。

やっと、ここに霧島さんが来ている理由がわかった。

「こここ、これって、大変だよね。じゃあ霧島さんとお姉ちゃんの婚約って……」

「菫、静かにしなさい。子どもが下手に口をはさむな」

父にたしなめられて、わたしは黙った。

子どもっていうけれど、いったいいつまで子ども扱いするつもりなのだろうか。もう二十三歳なのに。

隣に座る霧島さんの顔を見る。

彼は深刻な顔をしていたけれど、わたしの視線を感じて表情を和らげた。

わたしの不安を取り除こうとしたのだろう。実際わたしは霧島さんの様子を見て気持ちを落ち着かせることができた。

婚約者が他の男性と失踪したという状況にも関わらず、霧島さんはいつもと変わらず落ち着いているように見える。

誰よりも辛い思いをしているはずなのに、そんな霧島さんを差し置いてここでわたしが騒ぎ立てて話し合いを妨げるわけにはいかない。

しかし誰ひとりとして口を開かず、部屋に沈黙が降りる。

おのおのがいろいろと考えているようだ。

姉とわたしは仲が良かった。

十二歳差の姉妹だったせいか、姉はわたしをものすごくかわいがってくれた。わたしも美しくて仕事のできる姉を尊敬していたし、憧《あこが》れてもいた。

それなのに、彼氏がいたことすら知らなかったなんて。

おそらく父も母も姉の彼氏の存在には気が付いていなかったのだろう。前から知っていれば、今こんな騒ぎになるわけがない。

それにしても、霧島さんはどういう気持ちなんだろう。悩ましげな顔すら美しい彼と、姉とはお似合いだと思っていたのに。

もう一度ちらっと霧島さんを見る。

少し長めの前髪からのぞく凛々《りり》しい眉《まゆ》。切れ長の目は一見すると少し冷たそうに見えるけれど、本当は穏やかで優しい人だ。きっと今も怒りや不満を抑えて冷静に状況を分析しているに違いない。

霧島さんと姉の結婚は家が取り決めたものだ。本人たちも拒否していなかったので周囲はそうするものだと思っていたのに。

この結婚が白紙になったら、父も困るのではないだろうか。

我が家の父が経営する会社は、不況の波に逆らえずにじわじわと業績を悪化させている。

そんな中、一番の取引先であり、霧島さんが社長を務める霧島不動産《きりしまふどうさん》との関係が今回のことで悪化したら……。

それに何より、霧島さんもショックだろう。

これまで関係が良好だった両家の仲に亀裂が入るかもしれない。

こっちの不手際とはいえあちらのご家族への説明など、霧島さんにも迷惑がかかるかもしれない。

真っ暗な先行きを案じていた時、隣に座る霧島さんが口を開いた。

「百合さんについては事件性はないようですし、無理やり連れて帰ってもあまりいい結果を生むとは思えません」

「そうですね。娘のことを何もわかっていなかった、こちらの落ち度です。申し訳ありません」

父と母が彼に頭を下げた。

「気にしないでください。ただ両親や祖父は、宮之浦家との縁を大切に思っていたので残念がるでしょうね」

おそらく霧島さんは数多《あまた》の誘いを断り、姉の百合との結婚を考えていたのだろう。

「それは……本当に申し訳ない」

父がもう一度深く頭を下げる。膝《ひざ》に置いたこぶしが強く握られプルプルと震えていた。

「顔をあげてください。そこで提案なのですが」

「あぁ。そちらの条件はすべてのもう」

父は相当心苦しかったのか、内容も確認せずにふたつ返事をした。かなりの覚悟を持って、霧島さんの方を見ている。

霧島さんは一度私の方に視線を向けた後、父に真剣なまなざしを向けた。

「菫さんを私にください」

霧島さんの言葉に、わたしたち家族は誰ひとり反応できないでいた。

鳩が豆鉄砲を食らってもこんなにぽかんとしないだろう……という顔を我が家の家族はしている。

「あの、え？」

やっと父が口を開いた。

だが言葉にすらなっていない。

「ですから、菫さんを私の花嫁としてもらい受けたいんです」

霧島さんは力強くそう言った後、わたしの方を見てにっこりと笑った。

その笑顔が眩《まぶ》しくて……わたしは息ができずに目をただ瞬《またた》かせるだけだった。


「霧島さん……本気なのかな」

わたしは自室のソファに座ってクッションを膝にかかえ抱きしめた。リビングでは両親と霧島さんがまだ話を続けている。

わたしはといえばそこを追い出されてしまった。

当事者のはずなのにと思う気持ちと、またかと思う気持ちでクッションを抱える腕に力がこもる。

でもまさか……結婚なんて。

霧島知央。霧島不動産《きりしまふどうさん》ホールディングス社長。

旧華族の霧島家一族が経営する霧島不動産は、戦後の高度経済成長を支え今も日本の経済界のトップを走る会社だ。

その霧島家の長男である彼は、一族からも一目《いちもく》置かれる存在だ。

容姿端麗《たんれい》、頭脳明晰《めいせき》、文武両道……彼の素晴らしいところを言い出したらきりがない。

身長は百八十センチを超え、バランスのとれたすらりと長い手足はモデルだといっても誰もが信用するだろう。時間があればジムに通い鍛《きた》えている体をオーダーメイドのスーツで包みたたずむ様は、女性だけではなく男性すらため息をつくほど魅力にあふれている。

数年間、海外事業の指揮を執《と》って、かなりの利益をもたらし、昨年社長に就任した。そのころから姉との結婚話が頻繁《ひんぱん》に出るようになったのだ。

霧島さんも姉も仕事が忙しいことを理由に、具体的な話は出ていなかった。しかし社長就任をきっかけに、そろそろ身を固めた方がいいという話になったのだろう。

そもそも霧島家と我が宮之浦家の関係は、祖父の代までさかのぼる。苦しい時代を乗り越えた親友同士だった祖父たちは、お互いの子どもを結婚させようと約束した。だけど子の世代は男児ばかり。それでその約束が孫の世代に引き継がれたのだ。

感情面だけではなく、宮之浦家はビジネスの面でも霧島家と深い関係があった。

我が家の家業であるMIYAURA家具株式会社にとって、霧島不動産は大がつく得意先だ。取引が停止になると、事業が途端に立ち行かなくなるだろう。

そういう面でも、我が家にとって霧島家との縁談は大切な位置づけだ。

それなのに……お姉ちゃん。どうしてなの？

霧島さんとお姉ちゃんは美男美女で、並ぶとそれは素晴らしく見栄えがした。ふたりを見ていたわたしは心の中でいつだって「世紀の大カップル」なんて思っていたのだけれど、まさか姉には他に好きな人がいたなんて。

でもたしかに、婚約はしていたものの具体的な結婚の話は出ていなかったし、そもそもふたりで出かけた話など一度も聞いたことがなかった。

ふたりとも、仕事が忙しくなかなかそういう時間がとれないのだと思っていたのだけれど、今考えたらそれにしてもおかしな話だと思う。

かえって婚約者の妹であるわたしの方が、昔からわがままを言って霧島さんにあちこち連れていってもらっていた。

霧島さんもお姉ちゃんも、どちらもわたしの大切な人だ。姉は一番近くにいる理想の女性だし。霧島さんのことも兄のように慕っている。

……いや、本当は兄なんかじゃない。

男性として憧れている。

でも今はあくまで姉の婚約者という認識だし、彼とどうにかなりたいと思っているわけではない。

ただ初恋が彼で、今もうっすらとそれを引きずっているというだけだ。

テーブルの上に置いてあったスマートフォンを手に取ると、画像フォルダを表示した。その中から霧島さんと一緒に写っている画像を探し出す。

「あった」

お気に入りの一枚は、大学の卒業式の写真だ。

仕事の合間をぬって、霧島さんはわざわざ花束を持ってお祝いに駆け付けてくれた。

突然のサプライズに驚いたけれど、悩んで選んだ袴《はかま》を彼に見てもらえて心からうれしく思ったのを覚えている。

「この花束、持って帰るの大変だったんだよね」

思い出して思わず顔が緩む。写真に写る大きな花束は、ピンクのチューリップやスイートピーを使った春らしい華やかなものだった。

みんなに注目され恥ずかしかったけれど、それ以上にとてもうれしかったのが今でも記憶に残っている。

思い返してみれば彼氏いない歴＝年齢＝二十三歳のわたしにとって、他の子が彼氏とするような行事は、いつも霧島さんがつき合ってくれていた。

姉の婚約者なのにいいのだろうかと気にしたこともあったけれど、姉も「いってらっしゃい」と快《こころよ》く送り出してくれるうえに、霧島さんから誘ってくれることもあり、ふたりが気にしていないなら大丈夫だろうと思っていた。

ふたりにとってわたしは、女性ではなく妹なのだからとそう思って安心していた。

その時に少しでもおかしいと思っていれば、姉の恋人の存在に気が付いていたかもしれないのに。

霧島さんとの思い出はたくさんある。

誕生日やクリスマス、バレンタインにホワイトデー、入学、卒業、就職。どれもこれも大切な時間は彼が一緒に過ごしてくれた。

もちろんそれだけではなく、困っている時はそばにいて手助けしてくれた。

一番古い記憶の中にあるのは、わたしが小学校低学年のころだ。

算数の宿題がどうしてもできなくて、泣きべそをかいていたのを、たまたま家に来ていた彼が助けてくれた。

覚えの悪いわたしにずっとつき合ってくれたかっこよくて優しい彼に、好意を抱くようになったのも仕方がない。

好きな人の名前を書いた消しゴムを使いきったら両想いになれるというおまじないがクラスで流行した時も、当たり前のように霧島さんの名前を書いたし、霧島菫なんてノートに書いて喜んだこともある。

でも徐々《じょじょ》に彼は大人で、自分は子どもすぎることに気が付いた。

それに加えて霧島さんと姉がいずれ婚約するのだと知って、相手にされるわけないとすぐに自覚した。

その後は〝憧れのお兄さん〟として彼に好意を寄せていた。

思い返してみれば、ずっと霧島さんに甘えてきていたなぁ。

一時期彼が海外で暮らしていたときも、プレゼントやメッセージを節目節目で送ってくれていた。そのマメさに驚くとともに、あきらめたはずの感情に胸が甘くうずいた。

そんな百点満点のパーフェクトな彼が基準になってしまったわたしは、男性を見る目が厳しくなっているせいか、今まで彼氏ができないままだ。

何度かいい雰囲気になったり、告白されたこともあったけれど、気が付いたら自然消滅していたり、告白してすぐに「やっぱりなしにしてほしい」と言われたりもした。

きっとわたしは恋愛に向いていないんだ。

恋に憧れはある。

しかしここまで恋に縁のない人生なのだから、この先もこんな感じなのだろう。だから結婚なんて考えていなかったのに。

「霧島さんが急にあんなこと言い出すから、意識しちゃう」

ふと彼の隣に立つ自分を想像して、現実に引き戻された。

不釣り合いのひと言だ。

きっとさっきの結婚云々《うんぬん》の話も、膠着《こうちゃく》状態のあの場で話を進めるために言ってみたその場限りの言葉に違いない。

だってあまりにもわたしは……何も持っていないもの。

自分の容姿について家族は「かわいい」と言ってくれているけれど、それが世間一般に通用しないものだということは理解している。両親の言う「かわいい」は小さな子や動物がかわいいというのと同じだ。

身長は百五十三センチ。日本人の女性の平均身長より低い。そのうえ童顔のせいか頼りない印象を与えてしまうようだ。

わたしは遅くできた子で、姉とも十二歳離れている。それに加え小さなころは体が弱く、ちょっとしたことで入院をしていた。

そのせいか、過保護ともいえるほど、大切に育てられてきた。

そのうえ霧島さんが世話をやいてくれるようになって、わたしを甘やかす人が増えたせいで、立派な箱入り娘だ。

そしてそれは今でも変わらず、いつまでも子ども扱いをされている節がある。「危ないからダメ」「わざわざ苦労しなくていいの」「菫には難しいから、知らなくていいの」何度も何度もそう言われてきた。

もちろんこれでいいとは思っていないし、不満に思うことも多い。

でも両親や姉がわたしを思う気持ちがわかるから、何かトラブルを起こして迷惑をかけるくらいなら、いうことを聞いて安心させてあげたいと思うようになっていた。

実際にわたしが何か人に自慢できるようなことって、本当にないのだ。

姉は日本の最高学府を卒業し現在は国の研究機関で研究員として働いている。身長は百六十八センチを超え、学生時代は読者モデルとしてメディアでの露出もあり、芸能界へのスカウトも数えきれないほどあったが、卒業後はすっぱりと研究者の道を歩んでいる。

美しくて聡明《そうめい》で優しい姉はわたしの憧れだ。

それと同時に勝手に比較して何も持たない自分にコンプレックスを感じることもあった。

とはいえ姉妹の仲は良く、姉は「シスコン」だと自他ともに認めている。

姉と比較すれば、両親がわたしを見て心配になるのも頷ける。

就職すらしなくていいと言われたわたしだったが、さすがにそれだけは反抗した。

そして折衷《せっちゅう》案としてMIYAURA家具の経理部で働くことになった。

両親は結婚までの腰掛けと考えているようだが、自分の強い希望で就職したのだ。

わたしは一社員としてきちんと認められるように、コネ入社だからと周囲にがっかりされないように、精一杯頑張っていた。選べないのなら与えられた環境で頑張るしかない。

――コンコン。

思考を遮るようにノックの音が聞こえた。

「菫、中に入るよ」

「はい」

すぐにドアが開いて、入ってきたのは霧島さんだった。

「少し話をしたいんだけど、いいかい？」

「どうぞ」

わたしがソファを譲ると、彼はそれまでわたしがいた場所に座った。わたしは床に置いてあるクッションを引き寄せて彼の近くに座る。

「この部屋に入るのも、なんだか久しぶりだな。昔はもっとピンクやレースがいっぱいだったのに」

じっくり見られて恥ずかしくなる。

「もう、いつの話をしているんですか？　社会人になるから、気分転換に大規模な模様替えをしたんです。その時にピンクもレースも卒業しました」

今は白やベージュを中心とした、落ち着いた温かみのある部屋にしている。

「そうか。でも菫らしくていいよ。これも」

「そうやって、なんでも褒《ほ》めるんだから霧島さんの言葉は信用できません」

わざと拗《す》ねたようにしてみせると、霧島さんは楽しそうに笑った。

いつもと変わらない彼の様子に安心するとともに、両親とどんな話をしていたのかが気になる。

「お父さんたちはなんだって言っていましたか？」

我慢できなくて自分から彼に尋ねた。

彼は頷いて急に真顔になった。

「突然の話でびっくりしただろう？」

「はい」

わたしは素直に頷いた。

「簡単に納得できることじゃないだろうけど、それがすべてを丸く収める方法なんだ」

たしかに今の状況をどうにかするには、一時的に姉の代わりをわたしが務めるのが最適だ。

姉が見つかるまでの時間稼ぎをするためだろう。

「父はこの話に納得したんですか？」

「いや、その前に私は菫の気持ちが知りたい」

「わたしの気持ち？」

彼が真剣な顔で頷く。

結婚の話は、場を収めるため。

どうしてわたしの気持ちを確認したいのだろう。

わたしが腑《ふ》に落ちないという顔をしていたのを、彼はすぐに察した。

「あぁ。これはとても大事なことなんだ。菫が私のことをどう思っているのか知りたい」

「どう思っているって……素敵だと思ってます」

嘘《うそ》じゃない、複雑な気持ちの全部を伝えていないだけで。

「うれしいけれど、今聞きたいのはそういうことじゃないんだ。私との結婚は考えられない？」

「何を言い出すんですか？　それはあの場を収めるためにとりあえず言っただけですよね？　姉が迷惑をかけたんですから、協力は惜しみません」

笑って霧島さんを見るが、彼の顔が真剣で笑みがすぐに引っ込んだ。

まさか本気なの？

「そんなふうに思っていたのか……残念だ。私は本気で菫と結婚するつもりでいるし、ご両親にもそう伝えた。後は菫次第だ」

「そんな、いきなり、わたし……」

これまでまともな恋愛すらしていないのに、いきなり結婚だなんて……。しかも相手は初恋の人。

「急だと考えられない？　私が嫌いかな？」

「そんなはずない！」

霧島さんは軽く目を見開き表情を緩めた。

「なら少しは脈があるってことかな？」

脈どころか……。

ずっと憧れていた人だ。

でも姉の婚約者。だから憧れのままでよかったのに。

「ご両親は百合さんを連れ戻すつもりだろう。でも彼女には好きな人がいる。そんな状態で結婚したところで、きっとうまくいかないだろう。誰も幸せにならない」

その言葉にわたしは大きく頷いた。

それは彼の言う通りだ。

いくら霧島さんが素敵でも、思いを寄せる相手にはかなわない。

霧島さんは説得を続ける。

「それに祖父の容体《ようだい》があまりよくないんだ。最期に長年の思いを叶えてやりたい」

我が家の祖父はすでに亡くなっている。

亡くなる直前まで霧島家との結婚を望んでいた。

きっと同じ気持ちなのだろう。日に日に元気がなくなっていく祖父がさみしそうにしていた姿を思い出し、胸が少し痛む。

姉の気持ち、祖父の気持ち、そして会社のこと。いろいろな人の思いや考えが交錯《こうさく》する。

でもわたしが一番知りたいのは、目の前にいる、わたしにプロポーズした彼の気持ちだ。

わたしは霧島さんをじっと見つめる。

「心配なんかしなくていい。菫を幸せにする自信はある。だから」

彼がソファから降りて膝をついた。

「私と結婚しよう。菫」

ぎゅっと手を握られ、彼の大きな手から温かさが伝わってくる。それと同時に体温が急激に上がり、痛いほど心臓が鼓動している。

ずっと憧れていた人。

その人に今わたしは結婚を請われている。

誰もが憧れる夢のようなシチュエーション。

でもこれは夢じゃなくて現実だ。

結婚したらそれで終わりではないことくらい、わたしだって知っている。

わたしが頷けば、みんな幸せになる？　霧島さんもこれがベストな選択だと思っているの？

「あの……ひとつだけ約束してくれるなら、そのプロポーズお受けします」

「なんだい？　言ってごらん」

霧島さんはわたしの顔をのぞき込んだ。

そんな彼の綺麗《きれい》でまっすぐなまなざしを見つめ返す。

「霧島さんも幸せになってください。わたしだけなんてダメです」

わたしの言葉に彼が驚いて目を見開く。

あまり見たことのない表情だ。

だから彼の気持ちがわからずに、様子をうかがうように今度はわたしがじっと見つめてしまう。

「まいったな、ははははっ！」

途端に破顔した彼が声をあげて笑い出した。わたしはどうしたのかと不安になる。

「あの、えっと」

「悪い、笑ったりして。うれしかったんだ。私のことまで考えてくれる菫の気持ちが」

彼が握っていたわたしの手を引き寄せた。

あっ……。

次の瞬間には、わたしは彼の腕の中にいた。

「ふたりで幸せになろう。私たちはきっといい夫婦になれる」

わたしは恐る恐る彼の背中に手をまわして抱きしめ返す。

「はい。よろしくお願いします」

彼の胸に抱かれて、羞恥心《しゅうちしん》とともにじわじわ実感が湧いてくる。

わたし、宮之浦菫。霧島知央さんと結婚します。

＊＊＊

菫とともに彼女の両親へと結婚の意思を伝え、詳細は後日話をすることにした。時間も遅かったので私はそのまま、宮之浦家を出た。

車まで見送りにきた菫は、やっていることはいつもと同じなのにどこか落ち着かない様子でそわそわしている。

「じゃあ、また連絡する」

「はい」

何か言いたそうにしている彼女の髪にそっと触れると、ビクッと大げさに肩を揺らした。

徐々に顔が赤くなっていく。その様を見て思わず口元が緩みそうになるのをこらえる。

「ゴミ、ついていたから」

「あ、ありがとうございます」

〝私にしか見えないゴミ〟を取っただけなのに、この初々《ういうい》しい反応にこちらの方が照れてしまいそうだ。

「いや。じゃあ、おやすみ。菫」

いつまでも玄関先にいるわけにもいかない。

車に乗り込みエンジンをかけると、彼女が小さく手を振った。

宮之浦家にきた時はいつもこうやって彼女が見送ってくれる。

恥ずかしそうにしている彼女も、何か思うところがあるようだ。

言葉は少ないけれど、この数時間でお互いの間に流れる空気が変わった。

軽く手をあげてゆっくり発車させる。角を曲がるまでこちらを見送っている菫の姿が、ミラー越しに目に入った。いつもと変わらないはずなのに、なんとなく離れがたくて最後まで視線で彼女を追う。

やっとひとりになって肩の力を抜く。

その途端に快哉《かいさい》を叫びそうになったが、深呼吸してなんとか気持ちを落ち着けた。

「やっとだ……」

抑えていた気持ちが、あふれ出してしまいそうだ。

ビジネスの場においては、決して自分の感情を表には出さない。感情のコントロールには自信があるのだが、今日ばかりは長年培《つちか》ってきたスキルさえ役に立たないほど浮かれている。

「やっと……菫を自分のものにできる」

思い返せば長かった。

初めて出会ったのはいつだっただろうか。

霧島家と宮之浦家は古くからつき合いがあり、特に三つ下の百合さんとは歳も近く、それなりに親しくしていた。

しかし菫とは十五も歳が離れていることもあって、長い間彼女は小さな子どもという認識だった。純粋で無垢《むく》で大切に育てられた彼女は小さなころのまま少女から大人になった。

いつも競争の中で生きている私にとって、その純粋無垢な彼女と過ごす時間は、いつしかリラックスできるひと時になっていた。

勉強がわからない、逆上がりができない、友達が意地悪してくる。

彼女にとっては真剣な悩みだが、なんともほほ笑ましい。

私は彼女に勉強を教えたり相談にのったりして、かわいらしい悩みを一緒に解決していった。

それまで人と深く関わることを煩《わずら》わしいと思っていたはずなのに、なぜか菫に対してだけは、何もかも手助けしてかわいがりたくなるというのが自分でも不思議だった。

年頃になって周囲の友達に彼氏ができはじめると、彼女も恋愛の真似事をしたくなったのか、バレンタインやホワイトデーにはプレゼントを贈り合ったり、彼女のリクエストに応えて遊園地や流行りのお店に一緒に行くこともあった。

バレンタインデーに彼女からもらったのは手作りの少し不格好なチョコレートだったが、社内のデスクの上に積みあがるどんな高級チョコレートよりも心に響いた。

それから行事のある時には、できる限り菫に時間を作るようになった。

控えめに誘ってくるメッセージもかわいく、私を和ませた。

そうやって彼女の兄のように接してきた菫への感情が、恋愛へと切り替わった日のことをはっきりと覚えている。

あの時からの募《つの》る思いを、やっと届けることができる。

自宅に到着し、ネクタイを緩めジャケットをソファの背もたれにかける。

いつもは自宅では飲酒はしないが、今日は少し飲みたい気分だ。

棚に並んでいるブランデーからひとつ選び、菫がプレゼントしてくれたロックグラスに氷を入れて琥珀《こはく》色の液体を注ぐ。

氷の音を響かせて口に含み味わっていると、菫との思い出がまた浮かんできた。

それは今から三年前。菫が二十歳の誕生日を迎えた翌週のことだった。

たまたま海外出張で誕生日当日にお祝いをできなかった私は、自宅から菫に電話をかけた。

お互いの都合の良い日に誕生日を祝うため、彼女の予定を確かめたかったのだ。

毎年誕生日を祝っているが今回は二十歳。いつもよりも印象に残る誕生日の思い出を作るつもりだった。

どんな店にしようか、プレゼントはどんなものが喜んでくれるだろうか。そんなことを考えながらコールするが、普段は三コールもあれば電話に出るのに、今日はすごく時間がかかっている。

今日出張から帰るというのは知っているはずだし、帰国したら連絡するというのも伝えてあるのだが。

かけなおそうかと思った瞬間『もしもし』という声が聞こえた。

「菫？」

すでに二十一時を回っているのに、まだ外にいる気配がした。いつもなら自宅にいる時間のはずだ。

がやがやとした周囲の音、騒ぎ立てる男の声もする。

――こんな夜遅くに、誰とどこにいるんだ？

自分の知らない彼女がそこにいるようで気分が悪い。問いただそうとしたが、言葉をぐっと飲みこんだ。

これではまるで、口うるさい父親ではないか。一般的には、二十一時だと成人女性が外を歩いていても眉をひそめるほど遅い時間ではない。ましてや大学生だ。たまには羽目を外す日だってあるだろう。

ただ菫は箱入り娘だ。変な男に絡まれたりしたらどうするつもりだろうか。

『霧島さん、出張おつかれさまでした。うるさくてごめんなさい』

彼女の声にはっと我に返る。

「あぁ、気にしなくていいよ。今は都合が悪いかな？」

『ううん、大丈夫。ちょっと、みんなから離れるね』

そのみんなというのは、どこのどいつで男なのか女なのか何人いるのか、と追及したくなるのもぐっと抑える。

『実は今、大学の友達がわたしの誕生日会をしてくれていて――あ、ちょっと待ってください』

誰かに話しかけられたのか、電話から話し声が漏れてきた。

『宮之浦さん、二軒目に行こう』

『でも――わたし、お酒あんまり得意じゃないし。そろそろ帰らなきゃいけないから』

『えーさみしいこと言わないでよ。宮之浦さんの誕生日会なんだから、主役がいないと！　ほら、みんな待っているから』

酔っているのだろうか、いやになれなれしい声の男が菫に話しかけている。

『わかった。少し待ってて』

電話の向こうで会話が終わったようだ。

『もしもし、霧島さん。ちょっと今取り込んでいて』

「大丈夫なのか？　無理に誘われているんじゃないのか？」

棘《とげ》のある言い方になってしまったが仕方ない。

『そんなことないけど……わたし、こういう飲み会とか慣れていないから』

「でも、門限があるだろう。今どこにいる？」

『えーっと……』

彼女から現在地を聞き終わると同時に、またもやさっきの男が菫に近づいてきたようだ。

『ほら、行こう。みんな待ってるから。俺、まだまだ菫ちゃんと話し足りないんだよ』

〝菫ちゃん〟

会ったこともない相手に、不快感を覚える。

『あの、でも……うん、わかった。少しだけなら』

菫の事情も聞かずに、強引に誘う態度は、思いやりがあるとはとても言いがたい。

自然と眉間《みけん》に皺が寄る。

『あの、霧島さん。後で電話してもいいですか？』

黙って聞いていた私は、イライラが彼女に伝わらないように〝いつも通り〟を努める。

「あぁ、もちろんだよ。待ってるから」

なんとか普段通りにできた。顔は思い切りゆがめていたかもしれないが。

『あの……』

「ん？　どうかしたのか？」

『おかえりなさい、出張おつかれさまでした。電話うれしかったです』

それだけ言うと、彼女はすぐに電話を切った。

なんなんだ、かわいすぎるだろう。

思わず顔が熱くなり、口元を手のひらで覆《おお》う。誰に見られているわけでもないが、だらしなくにやけているであろう顔を隠した。

社交辞令やご機嫌取りなんかじゃない。

心の底から喜んでいるに違いない菫の言葉に、これまでイライラしていた気持ちがすっと凪いでいく。

「菫……」

その場に立ち上がり、玄関に向かい車のキーを握る。

そしてそのまま駐車場に向かうと、車に乗って気が付けば菫の元へと車を走らせていた。

学生街に近い駅前にある半地下の創作居酒屋は、大学生やサラリーマンであふれていた。

油っぽい匂いにまぎれて、騒がしい声が聞こえる。

そちらに視線を向けると、すぐに菫の姿が目に入った。

隣にいる男が必死になって彼女に話しかけているのを見て、少々むっとしながら足を速める。もちろん不機嫌は顔に出さずに、外向きの万人《ばんにん》が好む笑みをほのかに浮かべた。

「え！　霧島さん」

私が近づくと、気が付いた彼女がその場に立ち上がった。

大きな目をさらに真ん丸にして驚いているようだ。

周囲にいる人間がこちらを見て何かささやいてる。しかし注目されることは慣れているので、特に気にすることもなく菫だけを見る。

「菫。十分楽しんだかい？」

「は、はい」

戸惑《とまど》いながらも頷く彼女に、柔らかい笑みを浮かべながら手を差し出す。

すると彼女はすぐにこちらに駆け寄ってきた。

「あの、霧島さん――」

私の前に立ち、見上げるようにこちらを見ている。

「うちに帰る時間だろう、迎えに来たよ。迷惑だったかな？」

身をかがめて彼女の耳元で小声でささやいてやると、顔を赤くして左右に頭を振った。

「ううん、うれしい」

耳の先まで赤くして、少しはにかんで笑う姿がかわいい。

ふと視線を感じて周囲を見ると、菫の横に座っていた男が、性懲《しょうこ》りもなく彼女を見てぽーっとしているではないか。

すっと体の位置を入れ替えて、男の視線から彼女を隠す。

「じゃあ、行こうか。荷物を取っておいで」

「はい」

素直に頷いた菫が、荷物を取りに行っている間にテーブルの会計を済ませて彼女を待つ。

「お待たせしました」

やってきた菫の背中に手を回して、歩きだそうとする。

しかし彼女は「待ってください」と小さな声で言って、後ろを振り向いた。

「みんな今日はありがとう。またね」

手を軽く振り歩きだす。腰に手をまわした瞬間もう一度さっきの男に鋭い視線を向け、釘を刺しておいた。

半地下から階段を上がり、地上に出た。熱のこもった店内から外に出て、夜風に菫の髪がなびく。

「あ、どうしよう。お会計するの忘れていました」

立ち止まって店に戻ろうとする彼女の手をつかみ、止めた。

「それなら問題ない。あのテーブルの分の支払いは済ませたから」

またも目を大きく開き驚いている。素直でわかりやすい。

「え……そんな。そこまでしてもらったら」

首を振って、菫の唇に人差し指を当てた。

「菫の大事な友達だろう。それに菫を連れ去るんだから、そのくらいはしないと」

いい人ぶった言葉だが、結局は会計を理由に菫との時間を奪われるのが嫌だったからだ。

「ありがとう！　あの、もう一度言ってもいい？」

「何を？」

「おかえりなさい。それと会えてうれしいです」

満面の笑みを浮かべた菫。

夜の雑踏《ざっとう》の中なのに、彼女の周りだけ明るくなる。

この顔が見たかったのだと、自然と顔が緩み笑みが漏れた。

彼女といるといつものように取り繕《つくろ》った表情をするのが難しくなる。素直な彼女につられて、気持ちが出てしまうようだ。

思わず抱きしめそうになった時に、はたと自分の行動に気が付く。さすがにそこまでしたら、兄の境界線を越えてしまう。

兄……本当に？

菫に抱くこの気持ちは、庇護《ひご》欲だけなのだろうか。

それなら、抱きしめたいと思ったこの気持ちは？

どうでもいい男に抱いた敵対心は？

自分に問いただしたが、疑問に思う時点ですでに答えは出ている。

「わたし、二十歳になりました」

もちろん当日にメッセージを送った。だから知らないはずなどない。

あぁ、そうだ。彼女は二十歳になったのだ。その言葉で自分の中で無意識にかけていたストッパーが外れた気がした。

「そうだな、じゃあもう我慢しなくていいんだな」

本音が口をついて出てしまった。

「何を我慢していたんですか？」

聞かれても答えるわけにはいかない。

「さて、なんだろうな」

肩をすくめてみせると、彼女は不思議そうな顔をして笑った。

「あ、もしかしてこれのこと？」

車に到着した途端、助手席に置いてあるピンクのバラの花束を見て顔を輝かせている。

菫のいた店の近くに、花屋があってよかった。せっかく会うのだから少しでも菫を喜ばせたいと思い用意したのだ。

「わたしを驚かせたくて、準備してたことを言うの、我慢していたんですよね？」

「あぁ、ばれてしまったようだね。驚いた？」

「はい」

「それはばらさずに我慢したかいがあったな」

彼女の誤解を利用していい感じにごまかせた。心の中ではどんどん湧いてくる感情をはぐらかすのに必死だったけれど。

バラの花束を取り出して、彼女の前に差し出す。

「二十歳の誕生日おめでとう。素敵な大人になったな」

彼女は渡した花束に顔をうずめて、恥ずかしそうにしている。

「少しは、霧島さんの隣にいても、変じゃないかな？」

「もちろん。そんなこと気にしていたのか？」

他人にどう思われようが関係ない。

そんなことで彼女との大切な時間を奪われる方が、私にとっては大問題だ。「さぁ、遅くなったらご両親が心配する。ちゃんとしたお祝いは後でするから今日は帰ろうか」

「うん……あの、でも……少しだけ遠回りして帰りたいです」

言いづらそうに控えめにこちらをうかがう姿に、もうこのまま自宅に連れ帰ってしまおうかとすら思う。

理性を総動員して、いい大人の仮面をかぶる。

「わかった。それくらいのおねだりいくらでも叶えるさ」

彼女を助手席に座らせ車を走らせる。

ここに乗せたのは、これまでも菫だけ、もちろんこれから先もそのつもりだ。そう思うと彼女がどれほど自分の中で特別なのかがわかる。

うれしそうに笑っている顔を見て、これからどうやって彼女との新しい関係を構築していくのかを考えた。

はしゃぐ菫のかわいさに負けそうになる理性を無理やり働かせながら。

グラスを傾け中身を飲み干す。

三年間よく我慢した。

ふいに訪れたチャンスにすぐに行動に移ったが、それでも予定よりもずいぶん時間がかかった。

その時スマートフォンが鳴った。

相手を確認する。

予想していた相手の名前が画面に表示されていて、すぐに応答した。

「家出したって、ご家族は心配しているぞ」

『仕方ないじゃない、彼についていくなんて言えば家に閉じ込められちゃうわ』

百合さんの皮肉っぽい声色に、元気そうだとひとまず安心する。

実は、私と百合さんはお互い結婚の意思はなかった。

彼女には長年つき合っている同じ研究者の恋人がいて、その人と添い遂げたいという気持ちが強かった。

だからさっさと婚約の意思はないと両家に伝えたかったのだが、百合さんの彼が結婚に踏みきれないうちは、婚約者という立場でいてほしいという依頼をされた。

下手にばれて別れさせられたらたまらないという理由からだ。たしかに宮之浦のご両親は娘たちに過干渉だ。

自由に生きているように見える百合さんですらそう思うのだから、菫はもっと窮《きゅう》屈《くつ》な思いをしているだろう。

私自身も彼女と結婚をする前提にしておけば、下手な見合い話を持ち込まれなくて助かっていた部分もある。

しかし菫には姉の婚約者候補としか認識されず、三年間アプローチができなかったのは悔やまれる。

ここまで待ったのに、結局百合さんは煮え切らない男と駆け落ち同然に海外に逃げている。

正確には彼氏のイギリスへの転勤に、仕事を辞めて無理やりついていったようだ。

それならもっと早く行動してほしかったというのが本音だ。

「彼が海外に赴任するとは聞いていたが。今は、彼と一緒なのか?」

『ええ。仕事も辞めてしまったし、ひとまず彼のところにいるわ』

彼女にとって大切なものだったはずの、仕事すら手放すほど彼に本気なのだと少し驚いた。

『ところで、菫はどうしてる?』

姉妹の仲はいいので、心配なのだろう。

「私がいるんだ、なんの問題もないに決まっている」

『あきれた』

電話口から渇いた笑い声が聞こえた。

「こちらとしてはずいぶん待った。そちらの準備が整うまで。結果まさか駆け落ちとは……せめて事前に説明しておいてもらわないと困るな」

『別にこのくらい知央くんならどうにかするでしょう、菫と両親のことお願いします』

彼女らしい返答に思わず笑いそうになった。

本当にこの姉妹は性格が真逆だ。

ただ彼女も自分のしたことが、家族の負担になっていることは理解している。

「さっきも言ったが、こちらのことは何も心配いらない。彼はどんな様子なんだ？」

『この期《ご》に及んでもまだびびっているわ。いい加減にしてほしい』

ため息をつく彼女は、まだ彼氏の説得に時間がかかっているようだ。

「とにかく百合さんは、彼と幸せになることに専念して」

『あら、優しいのね』

「あなたが幸せにならないと、菫が気にして結婚生活に集中できないだろう」

『じゃあそちらの計画は順調なのね』

お互いの状況を把握するために、こちらの話をする。

「あぁ。百合さんが彼とうまくいくまで待つつもりだったが、菫にアプローチするチヤンスを逃《のが》すわけにはいかなかった」

『別に責めたりしないわよ。ここまでつき合ってくれたことに感謝しているわ』

「特に申し訳ないとは思ってないがな。ただ菫がそちらを気にして私に集中できないなんてことになれば迷惑するのはこちらだ」

『あきれた』

本日二回目だが、何度あきれたと言われようがなんとも思わない。菫がもうすぐ完全に手に入るのだから。

『とりあえず、家族にはまだわたしのことは言わないで。菫にはわたしから連絡するから』

「わかった。健闘を祈る」

『ありがとう。でもなんだかとても嘘くさいわ』

それだけ言って、電話が切れた。

「失礼だな」

スマートフォンをソファに置くと、ブランデーのボトルを手に取る。そしてグラスに注ぐと琥珀色の液体を見つめる。

「やっとだ。やっと」

我慢しようと思っても顔が緩んでしまう。

人生の中でめったにないことだが、今日は仕方ない。

ソファに置いていたスマートフォンがメッセージの受信を知らせる。差出人を見てますます顔がにやけたのがわかる。

【起きていますか？　なんだか眠れなくて】

そんなかわいいメッセージを受け取ったら、たとえ寝ていたとしても飛び起きるだろう。

眠れないという彼女にすぐにコールすると『霧島さん？』という耳に心地よい声が響いた。

第二章　ゆっくりじっくり

霧島さんを見送って、すぐにまた自分の部屋に戻った。さっきまで彼が座っていたソファに座り、クッションを抱える。

「わたし、霧島さんと結婚するんだ」

疑いようのないプロポーズの言葉だった。

そしてわたしはそれにOKをした。両親にもそれを伝えて、今日はもう遅いからと帰っていく彼を見送った。

「霧島さんと……結婚」

何度も何度も同じ言葉が口から漏れる。仕方がない、そのことで頭がいっぱいなのだから。

まさかわたしが結婚なんて……それも霧島さんと。

わたしを知っている誰が聞いてもきっと驚くだろう。そのくらいわたしは恋愛に奥手だったから。

これまで彼氏ができたことは一度もない。

キスも、もちろんその先も未経験だ。

わたしの近くにいる父親以外の男性は、霧島さんだけだった。

家族ぐるみのつき合いのある彼は、わたしの兄みたいな存在だった。

勉強を見てくれたり、悩みを聞いてくれたり、誕生日にお祝いをしてくれたり。身近にいるかっこいい大人の彼に、わたしは心から頼りきっていた。

両親や姉には言いづらいことも、彼にはなんでも相談できた。

両親に「あなたには無理よ、やめておきなさい」と言われるようなことも、彼は「応援するよ」といつも話を聞き、力になってくれた。それがどれだけありがたかったか。

もちろん、楽しい思い出だけじゃない。

自分と彼の意識の違いを感じて落ち込むこともあった。

あれはたしか、大学に入って半年くらい経ったころだった。

同じ大学で何度か顔を見たことのある男子学生が、「好きだからつき合ってほしい」と告白してきたのだ。

初めての告白に驚いてすぐに返事をすることができず、帰宅後霧島さんに電話で相談した。彼は忙しいのに、仕事の合間でも時間が許す限り面倒がらずにわたしの話を聞いてくれた。

彼にはこれまでと同じように「応援するよ」と言われた。

その時だけは彼の言葉がうれしくなかった。どこか重い気持ちで通話を終えたのを覚えている。

ずっと憧れていた人。

でも恋愛対象とは思っていなかった。

それなのにあの時、残念な気持ちになったのは、霧島さんはそんなつもりまったくないのに、わたしが心のどこかで彼と恋することを望んでいたからかもしれない。

告白してきた相手は、結局「やっぱり勉強を頑張りたいから」という理由で、向こうから告白自体なかったことにしてほしいと言われそれっきりだった。

結果を霧島さんに伝えると「彼氏がいなくても私がいるから問題ないだろう?」と言われて「それもそうか」と納得してしまった。

わたしの中の〝恋愛っぽいもの〟はすべて霧島さんとの思い出だけだ。

誕生日もクリスマスもバレンタインも卒業式や入学式も、どんなに忙しくても彼は忘れずに祝ってくれた。

時々買い物や映画、食事にも連れていってくれて、きっとデートってこういうものなんだろうなって思っていた。

優しい彼に甘えている自覚はあったけれど、わたしの恋愛への憧れを彼はいつも優しく満たしてくれた。

これまではずっと与えてもらうばかりだった。

でもこれからはそうはいかない。

恋人や夫婦は支え合っていくものだと思う。しかし欠点などかけらもない彼をわたしがどう支えるのだろうか。

だからといって与えられるだけの妻にはなりたくないし。

霧島家とは家族ぐるみのつき合いをしているというが、事業の規模はまったく違う。

我が家もそれなりの家だが、レベルが違うのだ。

そんな霧島家の一員になる。

わたしに何ができるのか。

料理を習った方がいい？　それともマナー教室？　いや英会話や書道、華道に茶道も必要だ。

それらが満足にできるようになるのは、いつのことだろうか。

それまでに霧島さんに迷惑をかけたらどうしよう。

彼のパートナーとして隣に立つなら、世間知らずでは済まされない。

わたし、本当に大丈夫かな……。

考えれば考えるほど不安になって霧島さんにメッセージを送ってしまう。するとすぐに彼から電話がかかってきた。

「霧島さん？」

『菫、眠れないなら子守歌でも歌おうか？』

彼の甘い声にドキッとする。

「もう、子ども扱いしないでください」

『していないさ。立派な大人だと思っているからプロポーズした』

「……それは、そうですよね」

『あぁ。子守歌が嫌なら眠くなるまで話をしていようか。ほら、ベッドに入って横になって』

「はい」

彼の言葉だと素直に従ってしまう。彼の声を聞いていると不安よりも楽しさが勝ってくる。少し低めの穏やかな声。すごく安心する。しばらくするとわたしの元に睡魔がやってきた。

「霧島さんの声……安心する。好きです」

そう伝えた後からの記憶がない。

『言い逃げで寝るなんて、ずるすぎないか？』

と、聞こえた気がしたが、そのまま夢の中に落ちていってしまった。


霧島さんとの結婚が決まった週末のこと。

わたしは人生で一番緊張していた。がちがちで呼吸すらままならない。手と足を一緒に出さないようにするのに必死だ。

「菫、さっきから全然しゃべらないけど。大丈夫か？」

「うん。いや、大丈夫じゃないかも。はぁ」

深呼吸したけれど、症状はまったく改善されない。

立派な門が開き敷地内に入る。

わたしは車の中から外の様子をうかがう。

久しぶりの訪問だが、何度来ても霧島家の豪華さには圧倒されてしまう。手入れされた庭では春と秋になればバラの花が咲き乱れる。何年か前に見せてもらった時のことを思い出した。

彼が車を止めると、霧島家の運転士さんが丁重に助手席のドアを開けてくれた。

「ありがとうございます」

「いいえ、お待ちしておりました」

「車、お願いできるかな？」

「かしこまりました」

彼は玄関前で車を降りると、すぐにわたしの方にやってきて、背中に手を添えて中へとエスコートしてくれる。

「今日のワンピース、よく似合っている」

淡いクリーム色の七分丈のワンピースは、よく見ると小さなドット柄があしらわれている。

それに薄手の黒のカーディガンとパンプスを合わせて落ち着いた印象に見えるようにした。

肩までの髪はハーフアップにして顔周りをすっきりさせた。少しでも大人っぽく見えればいいのだけれど。

雑誌やインターネットで彼の家に挨拶に行くときの服装を調べてしっかりと準備したのだが、彼が褒めてくれてほっとする。

「合格ですか？」

「あぁ。まぁ、何を着てもかわいいと思ってしまうから、私の意見はあてにならないけど」

肩をすくめる彼だったが、わたしは顔を赤くしてなるべく目を合わさないようにした。

「今からかうなんてひどいです。すごく緊張してるのに」

「本気なんだがな。それよりも別にそこまで緊張する必要はないだろう。初めて会う人じゃないんだから」

「それはそうなんですけど」

小さなころは両親に連れられてこのお屋敷にも足を運んだが、大人になるにつれてその回数も減っていった。

前回わたしが訪問したのももう何年も前だ。

やっぱりどうやっても緊張がとれない。

とりあえず深呼吸しよう。

わたしが何度も息をはいたり吸ったりしているものだから、彼は少しあきれた様子で笑っている。

「じゃあ、面倒なことはさっさと済ませてしまおうか」

彼に手を引かれて屋敷の中に入る。もたもたしていて、約束の時間に遅れては失礼だ。

重厚なドアの前で、壮年の男性が笑顔で出迎えてくれた。

「いらっしゃいませ、菫様。お久しゅうございます」

「はい。ご無沙汰《ぶさた》しております。野中《のなか》さん」

野中さんはこの霧島家の一切を取り仕切る、昔でいう執事頭だ。いつも柔和《にゅうわ》な雰囲気だが、この家のすべてを把握しているとなるとかなり敏腕なのだと思う。丁寧な出迎えに、頭を下げる。

「知央さまも、おかえりなさいませ。皆さま首を長くしてお待ちですよ」

「あぁ。すぐに向かう。行こう、菫」

「はい」

返事をしたわたしは、覚悟を決めて霧島邸に一歩踏み込んだ。

彼がわたしの緊張をほぐすように、そっと手を引いてエスコートしてくれる。

わたしは背すじを伸ばして彼についていく。

母屋《おもや》の二階の奥まった日当たりのいい部屋に、現在の霧島家の当主である霧島知義《ともよし》氏の部屋があった。

霧島不動産ホールディングスの名誉会長を務めているが、ずいぶん前に表舞台からは身を引いている。しかしまだまだ経済界での発言力は大きいと聞く。

「お祖父様、知央です」

彼がノックをすると、中から扉が開かれた。お祖父様のお世話をしている年配の女性が「どうぞ」と中に促してくれる。

奥の窓際にあるベッドでは、暖かい日の光に照らされたお祖父様がこちらに顔を向けていた。

「よく来たな。ほら、早くこっちに来い」

「そんなに焦らないでください。別に逃げませんから」

扉の前ではかしこまった雰囲気だったのに、一気に祖父と孫という雰囲気になった。

「菫、こっちに」

「はい」

ベッドサイドまで近づいて彼の隣に立つ。

「お久しぶりです。霧島のお祖父様」

頭を下げるとニコッとしわしわの顔をほころばせた。

「あぁ。君は菫ちゃんだね」

「はい。妹の方の菫です」

緊張する。

本当はここに来るのは姉の百合のはずだったから。

やっぱりわたしじゃなくてお姉ちゃんの方がよかったと言われたら、どうしようか。

「知央が選んだのは君だと聞いて、早く会いたくて仕方なかったんだ」

「よかったですね。やっと願いが叶って」

「おい、なんだその口の利《き》き方は。年長者をもっと敬いなさい」

「今更何をおっしゃっているんですか」

楽しそうに笑い合っている様子を見て、散々緊張してきたがちがちの体が少しだけほぐれた。

「いやいや、菫ちゃん。綺麗になって。いくつになったんだ？」

「二十三です」

「あの赤ちゃんがそんなに！　儂《わし》がおいぼれても仕方ないの」

はははと楽しそうに笑っていたのに、急にゴホゴホとせき込んだ。

「お祖父様、大丈夫ですか？　誰が呼びますか？」

慌てて身をかがめとっさに背中を撫《な》でた。祖父の体調が悪い時もずっとそうしていたからだ。

「ありがとう。楽になった。あいつがいつも言っていたよ。菫ちゃんがよく背中をさすってくれると。あの子は優しい子だと言っていた」

わたしは祖父が体調をくずすと、よく見舞いに行っていた。

他の家族は忙しくしていたので、わたしが代わりに様子を見に行き祖父とおしゃべりしていたのだ。

「そんなことありません。このくらいしかできることがなくて」

「〝このくらいのこと〟なんて言うべきじゃない。儂はすごくうれしいよ」

なんとなく恥ずかしくなって目をそらす。

「知央、いい子を選んだな。幸せにな」

「ありがとうございます。お祖父様もお体には十分気を付けて。式まではまだ少し時間がかかりそうですから」

「なんだ、まだ楽にはならせてくれんのか」

「はい。もう少し頑張ってください」

お祖父様は笑った後、わたしの方を向いた。

「菫ちゃん。天国のあいつも喜んでるはずだ。本当におめでとう」

笑顔の歓迎を受けてほっとする。

昔から祖父と一緒にずいぶんかわいがってくれていたので、喜ぶ顔が見られてうれしい。

一安心した後、次はお義父《とう》様にご挨拶をするためにティールームに向かう。

霧島家のティールームは庭に面した側が一面ガラスになっており、晴れた日には季節問わず日光が降り注ぐ。

おかかえの庭師によって手入れされ、作りこまれた西洋風のガーデンを眺めながらお茶を楽しむことができる。

ただし今日に限っては、のんびりお茶をいただく気持ちにはなれない。目の前に彼のお父様がいるからだ。

「菫ちゃん、いらっしゃい。少し緊張しているのかな？」

「はい、失礼があったらすみません。霧島のおじさま、お久しぶりです」

引きつり笑いになってしまった。

いくらなじみのある人だとしても、結婚の挨拶をするのだから、少々落ち着きがなくなるのも仕方がないはず。

「リラックスして、取って食べたりしないから」

ソファに座るようにと手で示されて、わたしは彼と並んで座る。

するとすぐにお茶が運ばれてきて、勧められるままにひと口飲んだ。さっきまでは緊張でお茶どころではないと思っていたのに、すごくおいしい紅茶にほっとひと息つけた。

霧島のおじさまは昔から明るい人だった。

今は事業の第一線からは退《しりぞ》いているが、霧島ホールディングスの会長として霧島家を裏から支えていると父から聞いた。

「今日妻は都合が悪くて。せっかく来てくれたのに申し訳ない」

「いえ、お忙しくされているんですね」

お義母様はエステサロンを経営しておられ、ご自身の事業に加えボランティア活動にも積極的だと聞いた。たしかにあまりこの屋敷で会ったことはない。年始の挨拶で何度か顔を合わせた程度だ。

すると霧島さんがぴしりと言った。

「別にあの人がいなくても問題ありませんから。成人している男女の結婚ですし」

「それはそうだが――」

「霧島さん？」

なんとなく棘のある言い方が気になってしまった。わたしが隣の彼に視線を向けると、彼は安心させるかのように笑みを浮かべる。

「すまない。菫は何も心配することはないから」

彼がそう言うなら問題ないとは思うけれど……。

彼のお母様のことはよく知らないので、近いうちにお会いできればいいなと思う。また後で相談してみよう。

「ふたりがまさか結婚するなんて。年の差はいくつだ？」

「そんな些末《さまつ》なこと、いちいち気にしなくていいだろ」

彼はそう言うけれど、やっぱり世間の人はいろいろ思うだろう。

「そうだな、それよりも大事なことを言い忘れていた。ふたりとも結婚おめでとう。仲良くやるように。それから今日から私のことは〝お義父様〟と呼んでくれていいよ」

「あの、はい。〝お義父様〟ありがとうございます」

少し恥ずかしいけれどお言葉に甘えて呼んでみた。霧島家の一員になることを受け入れてくれた。わたしも早く新しい環境に慣れたい。

「いいね、いいね。かわいい娘ができてうれしいよ。それにやっと知央が結婚する気になってくれたんだ。本当に菫ちゃんには感謝しているよ」

わたしはそこでドキッとした。

それまで自分が彼と結婚するっていうことに囚われすぎていて、霧島さんの過去について何も知らないことに今更気が付いてしまった。

姉との婚約の話が出る前に、何人か彼女がいたことは知っている。けれど詳しい話は聞いたことがなかった。

よくよく考えてみると、クリスマスやバレンタインなど恋人たちの行事の時も霧島さんはわたしによくつき合ってくれていた。当時の彼女さんたちはすごく嫌な思いをしていたのではないだろうか。

彼に甘えていたわたしは無自覚に人を傷つけていたのかもしれないと、今になって気が付く。

そういうところがきっと両親がわたしのことを『何もできない』という理由なのだろう。

考えてちょっと落ち込む。今後はもっと視野を広くもたないといけない。彼の隣に立つと決めたのだから。

考えて出した結論だったけれど、やっぱり結婚は無謀だったかもしれない。

それでもこうやって動き出した。ふたりで幸せになると決めたのだから後ろ向きな考えはよそう。

「菫、どうかしたのか？　親父が結婚式はドレスと打掛《うちかけ》どっちがいいのかって」

「あ、うん。ど、どっちがいいかな」

考えごとをしていて、話がまったく耳に入ってなかった。

「まぁ、式はそちらの都合もあるだろうし、ゆっくり決めたらいい」

「はい、そうさせていただきます」

それから少し話をして、わたしは霧島家を後にした。

彼の車に乗ると思わずシートに深くもたれかかってしまった。

「はぁ。緊張しました」

「そう？　まぁ、親父も爺さんも喜んでくれてよかったな」

「はい。ほっとしました。もっといろいろあるかなって思っていたんですけど」

「まぁ、菫のことはみんなかわいがっていたからな」

たしかに会うたびに、よくしてもらっていた。それでも結婚となると話は別だと言われる可能性だってあったのだ。

「霧島さんが事前にちゃんと伝えておいてくださったおかげです」

「ちょっと待って」

「え？」

ちょうど車が赤信号で止まる。

そこで彼はわたしの方を見て少し不機嫌な顔をした。

わたし、何かまずいことを言ったのかな？

「いつまで私は〝霧島さん〟なわけ？」

「あ……たしかに。でも急には難しくて」

わたしの答えに彼はまだ不満げだ。

「昔は〝知央くん〟って呼んでくれていたのに。いつの間にか〝霧島さん〟になった時悲しかったのを思い出した」

たしかに物事がよくわかっていなかったころは〝知央くん〟と呼んでいた。親や姉がそう呼んでいたから何も考えずにそうしていた。

しかし中学生くらいにもなると、彼がどれほどすごい人なのか、嫌でも意識するようになる。

そうなるとおいそれと〝知央くん〟なんて気安い呼び方はできなくなってしまった。

その結果〝霧島さん〟と敬意をもって呼ぶようになったのだけれど。彼がそのことを気にしていたなんて、わたしは露ほどにも思っていなかった。

「それに親父のことは簡単に〝お義父様〟って呼んだ」

「う……それは、仲良くなりたいと思ったから」

信号が赤から青に変わり、車がふたたび動き出した。

「それなら、私の名前を真っ先に呼ぶべきだ。それとも菫は私とは仲良くしたくない？」

「違います。一番仲良くしたいのに」

誤解されたくなくて思わず声が大きくなってしまった。

「あぁ……そうか。それはうれしいが」

それまで饒舌《じょうぜつ》だったのに、急に歯切れが悪くなった。

もしかして照れてる？　いやそんなはずないか。

きっとこういうセリフを言われ慣れているはずの彼が、わたしにそんなことを言われたくらいで照れるはずない。

「それなら余計に、私の呼び方を変えるべきじゃないのか？」

「それは、そうなんですけど」

霧島さんは簡単なことのように言うけれど、わざわざ呼び方を霧島さんに変えたのを、また変えるというのも……。

今までとは立場が変わるから、理解はできるんだけど、どうもドキドキしてしまう。

それに〝くん〟は、やっぱりどこか失礼な気がする。

それならもう……これが一番しっくりくる。

「知央……さん？」

勇気を出して呼んでみた。

「ん？　もう一回呼んでみて」

どこかダメだったのだろうか、言われるままにもう一度呼んでみる。

「知央さん」

「いいな。その方がずっと仲良くなれる気がする」

ちらっとわたしを見た彼の手が伸びてきて、わたしの頭を優しく撫でた。まるで子どもにするようなしぐさだけど、褒められているようでうれしい。

「これからだ。こうやってひとつひとつやっていこう」

「はい」

彼はいつだってわたしの手を引いてくれる。それでもわたし自身が一歩踏み出さないと何も変わらない。

恥ずかしくても怖くても、それでも彼の近くにいると決めたのだから頑張ろう。

呼び方を変える、ただそれだけのことでも、今のわたしたちにとっては大切なことなんだと思う。

ふたりでひとつの形を作っていく……大変だけどきっと楽しいだろうと前向きに思えた。


なんとか頑張って彼の名前を呼んだころには、次の目的地である我が家に到着した。

霧島家への挨拶が終わったばかりだったが、知央さんが忙しくなかなか時間がとれないため、今後の話をするために両親に時間を作ってもらった。

リビングに彼を案内すると、母がせわしなくお茶菓子とお茶を用意した。

先日と同じように知央さんと並んで座る。

これまでは家族の誰かと一緒に座っていたので、なんとなく自分が置かれた立場が変わってきたのだと、ここでも自覚する。

「宮之浦さん。お時間いただきありがとうございます」

「いや、知央くんの方が忙しいだろう、海外の案件も多いだろうし」

「はい、おかげさまで充実しています」

和やかに話がはじまったことにほっとする。あれから両親とは結婚について何も話をしていない。

わたしから持ち掛けようとしてもどこか避《さ》けられていたので、今日のことを心配していたのだ。

「さっそく、菫さんとの結婚について、今後の日程のご相談なのですが——」

彼がそう切り出すと、父はそれを遮るようにして話をはじめた。

「いやぁ知央くん。そのことなんだが、菫は本当に子どもで何もできないんだ。私たちが甘やかしたせいで。恥ずかしい話、人前に出せるような娘ではない」

両親が日々自分をどう思っているかは、わかっていたつもりだ。けれどまさかそんなはっきりというなんて。しかも知央さんの前で。

さすがに今日ばかりは落ち込む。悔しくて思わずうつむいた。

姉と比べて不器用で、勉強もスポーツも容姿も何もかも普通レベルのわたし。だから何もできないというのも事実だけれど、もう少し言い方を考えてほしいと思うのはわがままだろうか。

泣きたい気持ちになったけれど、なんとか顔をあげて笑みを浮かべ、悲しい気持ちが顔に出ないようにする。

「宮之浦さん、それはあまりにも菫さんに対して失礼ではないでしょうか。彼女は思いやりもあり素直で努力家です。何事も前向きに頑張る彼女とともに歩んでいきたい、私はそう思っています」

「知央さん……」

知央さんはわたしの方を見てゆっくりと、でもしっかりと頷いた。

彼はわたしのことを理解して、それでも結婚したいと言ってくれている。もちろんわたしには、彼のその気持ちに応える決心がある。

しかし両親はまだ納得していないようだ。

「だが……うーん」

父は腕を組み悩んでいる。

両親がここまでになってしまったのは、わたしにも原因がある。

これまで両親が納得するのであればと、言われるがままでいたのだ。だから『何もできない』と思われても仕方がない。両親の思う〝何もできない末娘〟でいることで、皆が喜んでくれるとずっと思っていたから。

でもそれが間違いだった。

ちゃんと自分の意思でやりたいことを選択して、それに向けて努力する姿を見せるべきだった。たとえうまくいかなくても、きちんと責任を自分で取っていれば、『何もできない』なんて思われずに済んだはず。

あるがままを受け入れて、与えられたものの中で努力を重ねたところで、周囲には何も響かなかった。

今更どうすれば、両親を説得できるのだろうか。ずっとやってなかったことを急にするのはとても難しい。

わたしは膝の上に置いてあった手をぎゅっと握って、行き場のないやるせなさに耐えた。

その時だった。

「提案なのですが。三か月、夫婦修業をさせてくださいませんか？」

突然の知央さんの提案に、そしてその聞きなれない言葉に驚いたのはわたしだけではなかった。

父も怪訝《けげん》な顔をしてわずかに首を傾《かし》げた。

「夫婦修業？　花嫁修業じゃなくて？」

「はい。夫婦は片方だけが頑張っても成り立ちませんから、菫さんにだけ負担をかけたくありません。ご両親が納得できるようにふたりで頑張ります。ですから、三か月お時間をいただけませんか？」

「知央さん……」

一緒に頑張ると言ってくれた彼の優しさに胸がキュンと締め付けられる。

ひとりではどうしたらいいのかわからなかったけれど、彼と一緒ならなんとかなるはず。

父も同じように思ったのか、彼の提案に同意した。

「知央くんがそこまで言うなら。うちとしても君と娘の結婚がうれしくないわけじゃないんだ。ただ心配で」

「わかります。おふたりが手塩にかけた娘さんですから」

「それに百合があんなことになってしまって。菫までそちらに迷惑をかけたらと思うとすぐには賛成できない」

父の言葉で初めて気が付いた。わたしは失敗できないのだと。

もしやっぱり知央さんの婚約者としてふさわしくないとなったら、祖父同士の約束も果たせず、となればＭＩＹＡＵＲＡの事業にも影響が出るかもしれない。

霧島のお祖父様も、あんなに喜んでくれたのにがっかりさせたくない。

軽い気持ちで引き受けたわけでは決してない。

みんなが幸せになるためにと考えた末の結論だ。しかし失敗した時のことを考えていなかった。

しっかりしないと。

「菫さんのことは心配しないでください。私がついていますので」

「ふつつかな娘ですが、よろしくお願いします」

父が深く頭を下げている。その姿から、わたしを大切に思ってくれていることは十分理解できた。

「それでは彼女の引っ越しについてですが――」

「引っ越し？」

「待って」

わたしと父の声が重なり、母は父の横で目を見開いている。両親も、そしてわたしもそんな話は初耳だ。

驚く宮之浦家の面々をよそに、彼はいたって冷静にその意図を説明する。

「ふたりが夫婦としてやっていけるかどうか心配なのですよね？　でしたら一緒に暮

らすのが一番です。いやむしろそうしなければ、何もわからないでしょう」

「おっしゃる通りだが」

困惑した父はどうしたらいいのか迷っているようだ。

「菫は嫌かな？」

彼は父ではなくわたしにどうしたいか聞いてくれた。わたし自身が決めなくてはいけない。

「嫌じゃありません、わたしたちは夫婦になるんですから。精一杯頑張ります」

わたしの返事に満足したのか、彼はゆっくりと頷いた。

「では今週末に引っ越し業者を手配します。菫、それでいい？」

「はい」

あっけにとられた両親と、満足そうな知央さんと、これからどうなるのかとドキドキするわたし。

それぞれが様々な思いを抱きながら、週末を迎えた。

九月の最初の週末。今から三か月、知央さんとわたしの夫婦修業がはじまる。

彼が手配してくれた引っ越し業者は仕事が速く、朝早く来てさっさと荷物を運び出した。その後彼が迎えに来てくれて、実家を出る。

生まれてからずっと住んでいた家。

今日からここではなく知央さんのマンションで過ごすと思うと、わくわくすると同時に少しさみしくなる。

「菫、知央さんの言うことをよく聞いて、体に気を付けるのよ。お腹は冷やさないようにあったかくして――」

「お、お母さん。わかってるから」

まるで小さな子どもを宿泊学習にでも送り出すような言い方を、知央さんの前でされて恥ずかしくなる。

「そうね。でも困ったことがあったらすぐに連絡してくるのよ。あと、これ」

母が差し出したのは、A５サイズのノートだ。

「これね、菫の好きなお料理のレシピよ。難しいものはないからチャレンジしてみなさい」

「うん、ありがとう。お母さん」

ジンと胸が熱くなった。母の気持ちのこもったノートを抱きしめる。料理も得意というほどではないけれど、母と一緒にキッチンには立っていた。その時のことを思い出しながらチャレンジしてみよう。

母は最後にわたしの背中をさすってくれた。試験やピアノの発表会など大事な時はいつもこうやって勇気づけてくれていた。

「健康に気を付けて」

父の目には心配の色が浮かんでいる。

しかしわたしはしっかりと笑みを返した。

たくさんの愛情をもって育ててくれた。初めて離れて暮らすことになり、あらためて感謝の気持ちが膨《ふく》らむ。

「お父さんも、お母さんも元気でね」

両親と別れを済ませると、それをじっとそばで見守ってくれていた知央さんが、わたしの手から荷物を取った。


宮之浦の家から、車で三十分ほど走ると目的地に到着した。

彼の住む低層レジデンスは、もちろん霧島不動産が手掛けたものだ。富裕層向けで緑も多く、外観は派手ではないが高級感が見て取れた。

地上六階地下二階の低層レジデンスは各国の大使館が近くにあり、そこに勤める人が多く住んでいると聞いた。エントランスですれ違った家族は、フランス語で会話していてびっくりする。

「初めてだったな。菫がここに来るのは」

「はい。マンションでの生活って経験ないので、いろいろと覚えないといけませんね」

生まれてからずっと一軒家に住んでいた。

マンションでの生活は初めての体験だ。

コミュニティのルールや設備の使い方。実家暮らしだったうえに両親に頼りっきりだったので自分でしっかり覚えないと。

きょろきょろ確認している様子を見た彼が、わたしの背中をぽんぽんと叩いた。

「別にそう難しくはないさ。困ったらコンシェルジュに言えばどうにかしてくれる。君が今日からここに住むことは届けてあるから」

そう言いながらエレベーターに乗り、わたしも乗り込んだのを確認してからカードキーをタッチした。

最上階の六階でエレベーターを降りると、目の前にある部屋の前で、彼がパネルにキーをかざす。

ピッという解錠音がした後、彼がドアを大きく開いた。

「今日からここが、私と菫、ふたりの家だ」

そんなふうに言われるとドキドキする。

そもそも、男性が暮らしている部屋に入るのも初めてのことだ。彼の私生活を垣間《かいま》見るのは好奇心もあるけれど少し緊張もする。

「お、おじゃまします」

彼が扉を開けてくれているのでそのまま中に入ろうとした。しかし彼の長い腕にすぐに止められた。

「さっきの私の話を聞いていた？　ここはたった今から菫の家だ。だからおじゃまします、じゃなくてただいまが正解。いい？」

「はい。あの、ただいま」

「おかえり、菫」

満足そうな顔をした彼が通せんぼしていた手をどけて、代わりにわたしの手を取った。その手を繋ぐとそのまま中にわたしを連れていく。

室内の廊下には趣味の良い絵画が飾られていたけど、それを眺める暇もなく彼が手前の左手のドアを開けた。

「ここがリビング、突き当たりが寝室」

「わぁ、素敵」

一面ガラス張りの部屋は明るく、目の前には広いルーフバルコニーまである。周囲からの視界も遮られ、夏の午後でも強い陽射しは入らず過ごしやすい。

リビングには座り心地のよさそうなイタリア製の足つきソファにローテーブルがある。その近くにある家具は、同じブランドのものだがかなり年季が入っているように見えた。

「このチェストってヴィンテージですか？」

「あぁ、さすが菫だね。これは宮之浦さんが探してきてくれたものだ」

「そうだったんですね」

木製のチェストは飴色《あめいろ》に輝いている。

時を重ねたものが持つ美しさに目を奪われる。

「宮之浦社長は驚くだろうな、菫がそんな知識を持っているなんて」

「そうかもしれません。仕事は経理部ですし。一応、いろいろ勉強しているんですけどね。家具についても」

両親はもともとわたしの就職自体に反対だった。だから折衷案として自社で働くことになったのだ。

　働くからには、少しでも役に立ちたいと思い、いろいろと勉強した。

「たしかインテリアデザイナーの資格も持っていたよな」

「資格だけですけど。あんまりセンスはないので、経理部に配属されてよかったのかもしれません」

　会社経営の役に立つかもしれないと、大学在学中に簿記の勉強もした。数字を見るのは苦にならないので、自分には今の仕事が合っているのだと思う。

「菫は努力家だから、私たちの夫婦修業もきっとうまくいく」

　彼が手を引いてわたしをソファに座らせた。

「修業なんて言ったけど、頑張らなくていいんだ。お互い一緒にいることを楽しめるようになろう。ふたりが笑顔でいれば、きっと周囲も安心する」

　それを聞いてほっとした。

　たった三か月でどれほどのことができるようになるのかと不安だったのも事実だ。

「頑張らないように、頑張ります」

「そうだな」

　彼が楽しそうに笑い、わたしの頭を撫でた。

「わたし、ちゃんと認められたいんです。夫婦として。ちゃんと知央さんの妻になりたい」

しっかりと彼を見て伝えた。

するとそれまで笑っていた彼の目の色がわずかに変わった。

「それはどういう意味かわかっている？」

「意味って……そのままの意味ですけど」

何か誤解を生むような言い回しだっただろうか。

「私の妻になるということは、こういうこともするのだが」

彼はそう言うと、わたしの肩を抱き寄せ顔をぐっと近づけてきた。吐息すら感じるほどの至近距離。

これって……。

ここまでされて、何もわからないというほど初心《うぶ》ではない。

見慣れているはずの彼の顔なのに今までになく色気に満ちていて、ドキドキと心臓が痛い。

これがきっと大人の本気！

彼は手を緩めるつもりはないらしい。

からかってなどいないのがわかる。

「わかって……ます」

緊張して思わず声がかすれてしまった。今は夫婦修業という期間だけれど、夫婦になれば当たり前にすることだ。

だから変に意識する方がおかしい。

でも、意識しないなんて無理。

顔に熱がどんどん集まっていく。きっと赤くなっているだろう。

「わかってるなら、菫からしてくれる？」

「えっ！」

思わず目を見開いて、大きな声を出してしまった。

「ははは、冗談だよ。そんなにびっくりするな」

彼が声をあげて笑っている。

なんだ冗談だったのかと、ほっとした瞬間――。

「あっ」

唇に柔らかいものが触れた。

まぎれもなくそれは彼の唇だ。

「これからよろしく」

「は、はい」

キス、しちゃった。

ドキドキうるさい胸、ありえないくらい熱い頬。

柔らかい感触の残る唇。

わたしたちの夫婦修業は、わたしの初めてのキスからはじまった。

夫婦修業――それはお互いが夫婦としてやっていけるように努力をすること。

恋人関係を飛ばして結婚を決めたわたしたちだから、心配する周囲を安心させるため、それとわたしたちの仲を深めるために必要なこと。

だから普通の夫婦がするのと同じことをする。それは理解できる、できるのだけれど……。

目の前にはベッドがある。

それもクイーンサイズだ。

お風呂《ふろ》を済ませた後、彼に先に寝室に行くように言われて素直に従ったけれど、目の前にあるベッドを見てからやっと気が付いた。

ここで知央さんと一緒に寝るの？

まさかこんな広いベッドなのにひとりで寝るという可能性はないはず。じゃあ、やっぱり。

一気に頬に熱が集まる。壁にかかっている鏡を見ると真っ赤な顔をしたわたしがいた。

夫婦なんだから同じベッドで寝るのも普通のこと。だけどそんな急に覚悟はできない。

どうしよう……。

「菫、まだベッドに入ってないのか？　夏だからって油断してると風邪ひくぞ」

「きゃあ！」

いきなり話しかけられて肩をビクッとさせながら思わず悲鳴をあげてしまう。

「どうかしたのか？」

彼がわたしの顔をのぞき込んできた。いつもはきちんと整えられている髪が、風呂上りのせいで無造作に下ろされている。普段目にしないラフな姿に妙に色気を感じてしまう。

そして色気なんか感じたら、余計に緊張してしまう。

しかし彼は「菫」とわたしの名前を呼び、頬に触れた。

「な、なんですか？」

ドキンと心臓が跳ねて、緊張で声がかすれた。

「いや、顔が赤いから熱でもあるのかと思ったけど、大丈夫みたいだな」

「はい、平気です」

これから起こるであろう展開を予想して顔が赤くなっているとは、もちろん説明できない。

「それなら早くベッドに入って。今日は疲れただろう？」

「はい」

当たり前のようにベッドを勧められた。

やっぱりわたしはここで寝るみたいだ。

彼がキルトケットをめくり、中に入るように促された。

これ以上考えたところでどうにもならない。わたしは勢いのままベッドに潜り込もうとする。

「菫はそっち側でいいのか？」

「え、なんのことですか？」

急に聞かれて、身構えてしまう。

「いや、寝るのは右側左側どっちがいいかなって」

「あぁ、そういうことですか」

正直どっちでもいい。

今そんな細かいことは考えられないほど心臓がドキドキしている。でも答えなければ、彼はわたしの返事を待っている。

「じゃあ左側で」

「OK。ほらこっち」

彼が先に寝転がり、キルトケットをめくったまま待っている。しかし覚悟を決めたはずなのにすぐに横になれずにおろおろしてしまう。

「早くしないと、電気消すぞ」

「あ、はい」

ここまできたら勢いだ。

わたしは思い切ってベッドに横になる。スプリングが程よくきいていて、ベッドがきしむ音がやけに耳に響いた。

たぶん緊張しているからだろう。

すぐに彼がわたしにキルトケットをかけてくれ、部屋の電気が落とされた。

「おやすみ、菫」

「お、おやすみなさい」

真っ暗になった部屋の中、わたしの心臓はまだドキドキしている。こんな状態ですぐに眠れるはずもない。

これから起こるであろうことを想像して不安……だけでなくどこか期待している。夫婦になるんだから、平気。自分に言い聞かせていたものの、いつまで経っても彼からのアプローチがない。

様子をうかがおうと彼の方に視線を向けてみた。すると反対側を向いて寝ている彼の広い背中が目に入る。

あれ……もしかしてもう寝てる？

その事実を知って、恥ずかしさに身もだえしそうになった。

わたしひとりで期待していたってこと？　は、恥ずかしい。羞恥に悶絶《もんぜつ》しそうになるのをなんとかこらえた。

助かったのは彼がすでに眠っていてくれたこと。こんな勘違いを彼に知られなくてよかった。

ほんと、どうしようもなく恥ずかしい。

なんとか気持ちを落ち着けて、大きく息をはいた。

よく考えればキスすら今日が初めてだったのに、彼がいきなり手を出してくるってことはありえないだろう。

きっと徐々に……もう少し関係が深くなれば……。

知央さん、わたしのことちゃんと女性として見てくれるんだろうか？

急に不安になってきた。

十五歳も年下のわたし。そのうえ同年代の子よりも幼く見えるのがコンプレックスだ。

女性としての魅力に欠けるのは自覚しているけれど。それでも彼だけには、女性として扱ってほしいと思う。

でもこればっかりは、お願いしてどうにかなるわけでもないし。落ち込みそうになって体ごと彼の方に向く。

広い背中が視界いっぱいに入ってくる。

不安だけど……でもわたしが選んだ道だから。それに今まで彼がわたしを傷つけたことなんて一度もない。

だから心配する必要なんてない。

まだはじまったばかりだもの。

わたしは自分に言い聞かせるようにしてゆっくりと目を閉じた。

＊＊＊

霧島不動産の本社ビルの社長室。終業時刻を終えてもなお次々と舞い込んでくる仕事をある程度片付け「今日はもう仕事を持ってくるな」という圧を秘書にかけて帰宅の準備をする。

家に帰れば菫がいる。

そう思うと仕事を片付けるスピードも上がるというものだ。

しかしそんな私の気分をぶち壊すような電話が入った。

スマートフォンの画面を見て、思わず舌打ちしてしまう。母からだ。

げんなりしてスマートフォンをデスクに置く。

どうせくだらない内容だ。気分を害することになるのはわかっているのでそのまま放置する。

しばらくしたら呼び出し音が消えた。

やれやれと思ったところに母親の顔が頭をよぎり、これまでのことが思い返された。

思わず眉間に皺《しわ》がよった。

そもそも自分は愛というものに良い印象を抱いていない。

それはまぎれもなく母親の影響だ。

母は愛を求める人だった。夫婦間はうまくいっていると思っていたが、その矢先、父親に愛人疑惑が出た。

それは誤解だったが、それまで父親に向けていた母の愛が息子の私に向くきっかけになった。

過剰な愛は、人を苦しめる。

一方的に押しつけられた愛は不幸しかよばない。

どこに行くのか、何をするのか、誰といるのか。母は常に私のことを把握しようとした。

当時小学校高学年だった私はもちろん反発した。そしていつしか母親を避けるようになった。

そのせいだろうか、夢中になって恋愛をしたこともなかった。誰かを特別に思う感情がわからなかった。

周囲の言う恋愛感情を理解しようとしたこともある。それを試すのは私にとってはそう難しいことではなかった。

霧島家に生まれた時から、ただそこに存在するだけで周囲がほうっておいてくれない。

告白され女性とつき合ったこともあるし、母がどこからか見つけてきた相手と見合いのようなことをさせられたのも一度や二度じゃない。

しかしどれもこれも、ことごとくうまくいかなかった。

最初はお互いを知り合おうと歩み寄る。

しかし彼女たちはだんだんと〝霧島知央の彼女〟という肩書きを大切にし、私自身を見なくなっていく。

最初はどんなに素直な普通の子でも、周囲からの特別扱いを受け続け羨望《せんぼう》のまなざしを向けられると自己顕示欲《じこけんじよく》が暴走するようになる。

そして〝霧島知央の彼女であるわたし〟が出来上がるのだ。そのうちに虎の威《い》を借《か》る狐のごとく周囲への態度が大きくなる。

そんな姿を見せられたらうんざりするのも仕方がないだろう。

何度もそういうことが続き辟易《へきえき》するのだ。

そのうちに恋愛に向かない自分を知った。

だから百合さんとの婚約をにおわせて、恋人になろうとする女性や結婚を押しつけてくる母から逃げる口実にしていた。

男女問わずみな私との距離を縮めたがる。それは霧島家に生まれたからには仕方のないことだ。

しかし唯一あてはまらなかったのは菫だ。

彼女にとって私は身近にできた兄のような存在。しかも少しばかり他よりも整った顔立ちとあれば、自慢したくなるだろう。

当初は彼女もそうだった。

しかし高校生になるころには、逆に距離を置かれるようになる。むろん態度から嫌われたわけではないということはわかっていたが、節度を守るということを覚えたのだろう。

感心するとともにさみしい気持ちにもなった。

これまでは自分から他人との距離をとっていたはずなのに、菫にいたってはとられた距離を自分から詰めたくなってしまう。それだけ彼女が他とは違うということ。だから菫は私の中ではずっと特別だ。

そして結婚を決意した今でもなお、自分でいいのかと不安になっている。思っているだけで、手放してやる気はさらさらないが。

他と比べるべきではないと思うが、もっと思うまま甘えてわがままを言ってくれてもいいのに。

それを受け止めるくらいの度量はあるつもりだ。

どうやったら、菫だけが特別なのだと知らせることができるのか。

まさか自分がこんなことで思い悩む日がくるとは思わなかった。

デスクの上のスマートフォンがメッセージを受信する。

また母だろうかと、眉間に皺を寄せた。

しかし相手が菫だとわかると、途端に顔の筋肉が緩む。

菫が私を慕ってくれているのは間違いない。しかしそれが恋や愛と呼べるものなのかまではわからない。

知りたいし知ってもらいたい。

しかし無理に押しつけることで相手を苦しめたくもない。

結婚までなんとか持ち込んだのだから、順序は違うけれどゆっくり時間をかけて彼女の気持ちと自分の気持ちを通わせる。
目下それが私のやるべきことだ。

第三章　大人のキス、してみようか

知央さんと一緒に暮らしはじめて一週間。お互い不慣れなので小さな困ったことはあったけれど、概《おおむ》ね順調に過ごしている。

それも彼のおかげだと思う。

仕事が忙しいはずなのに、わたしと過ごす時間を作るためにできるだけ早く帰宅してくれている。

「お仕事、大丈夫なんですか？」

食事を終えて、リビングでふたり並んでコーヒーを飲んでいる時に聞いてみた。

「あぁ。心配してくれるのかい？　菫は優しいね。部下が優秀だから大丈夫だよ。大体こういう時に経営者の権力を使わずしていつ使うんだ？」

冗談めいた彼の言葉に、わたしへの気遣いを感じる。優しいのはわたしじゃなくて知央さんだ。

「無理はしないでくださいね」

「わかった。適度にまじめに働くさ」

彼は、わたしの淹《い》れたコーヒーをひと口飲むとほほ笑んだ。家事は無理してやらなくてもいいと言われたけれど、こうやって彼のために何かをすることは、思ったよりも楽しかった。

それも知央さんが、ちゃんと受け止めてくれるからだ。わたしももっと彼に応えられるようになりたい。

つけっぱなしだったテレビでは、人気だと噂《うわさ》の恋愛ドラマが放送されていた。

恋愛かぁ。結局ちゃんと経験しないまま、三か月後には知央さんと結婚することになってしまった。贅沢《ぜいたく》な話だとは思うけど、恋愛ドラマのような恋に憧れないと言えば嘘になる。

「このドラマ好きなのか？　昔は『お気に入りのドラマの放送に間に合わない～』って急いで家に帰っていただろ？」

あまりにじっと見ていたから誤解されたようだ。

「いえ。特別好きってわけではないんですけど。ただわたし、まともに恋愛をしたことがないなぁって思って」

こんな恥ずかしい話、しなければよかったかと少し後悔した。しかし知央さんとは結婚する予定だし、そもそも彼はこれまでわたしに一度も彼氏がいなかったことを知っている。隠したって今更だ。

お互いのことを知るために、修業という名の準備期間を設けているのだから話をしておいた方がいい。

「恥ずかしい話なんですけど、わたしの恋愛らしいことって、大学生の時に告白されたことくらいで。あの、知央さんに相談したの覚えていますか？」

「いや、どうだったかな？」

他愛のない話だ。忘れていてもしょうがない。

「返事を待たせたせいか、向こうから『やっぱりなかったことにしてほしい』と言われてしまって、結局おつき合いには至りませんでした。それっきりあまりそういうチャンスがなくて。だからちゃんとした恋愛をしていなかったなぁって」

「なるほどな」

「あ、でもずっと知央さんがいろいろつき合ってくれていたので、さみしくはなかったんですよ。むしろ贅沢なくらいでした」

彼氏がいないわたしだったけれど、誕生日やクリスマス、バレンタインにホワイトデー。恋人同士で過ごすイベントがある時は、知央さんがその真似事につき合ってくれた。

「実はずっと内緒にしていたんですけど、友達にうらやましがられて、ちょっと自慢してしまいました。ごめんなさい」

自分の彼氏でもないのに、考えてみれば滑稽《こっけい》な話だ。

「知央さんみたいな素敵な人が、わたしに時間を使ってくれていることがうれしくて……よく考えれば迷惑でしたよね？」

本来なら恋人や、婚約者の候補であった姉と過ごすべきだったのに、邪魔をしていたのではないか。

恥ずかしくなって立ち上がり、リモコンを手に取ってテレビを消した。でも次の瞬間――。

「えっ……」

彼が手をつかんで強く引いたので、わたしは体勢を崩した。気が付いた時には彼の膝の上に座っている。

「ご、ごめんなさい。すぐに下ります」

「下りなくていいよ。どうして謝るの？　私がこうしたかったのに」

「あの……えと」

どう答えていいのかわからずに、そわそわしてしまう。

「菫の自慢の種だったと聞いてうれしかったよ。恋愛経験がないことを残念だと思っている？」

「す、少しだけです。でも気にしないでください」

「気にする。小さなことでも菫のことなら」

彼の優しさに胸がキュンと小さく音をたてた。

「知央さん……」

「これは私からの提案なんだけど、私を菫の恋人と考えてはもらえないだろうか？」

また不思議な提案をされて、わたしの理解が追いつかない。

「ど、どういう意味ですか？」

「菫は私と結婚するんだから、これから先、誰とも恋愛できないだろう？」

「はい」

それは当たり前のこと。

わたしのパートナーは知央さんだけ。むしろわたしにとってはそれは贅沢なことなのだけれど。

「だったらこれからは私と恋人らしいことをしよう。そうすることがより良い夫婦になるために役立つはずだ」

本当にそうなのかよくわからない。

わたしが頭を傾げていると、彼は小さく笑った。

「少なくとも私は役立つと思ってるから、これから恋人らしいこともしていこう」

「は、はい。でも急に言われてもどうしたらいいか――」

私の知っている恋人らしいことというのは、ドラマや小説の中だけの話だ。急にそんなことを言われても戸惑ってしまう。

「それは今から考えればいい。それとも菫は私と恋人のようにふるまうのは嫌？」

「そんなはずない！　です」

思わず大きな声で全力の否定になってしまって、恥ずかしい。

「じゃあ」

彼はわたしの顔をのぞき込んできて告げた。

「菫、私の恋人になりなさい」

至近距離の告白に、心臓がうるさいくらいに暴れだした。甘くときめく告白にわたしは夢見心地で答えた。

「はい。よろしくお願いします」

午前中に大量の経費精算の処理を済ませて、ひと息ついた昼休憩《きゅうけい》の時だった。

スマートフォンに知央さんからのメッセージが届く。

【今日の仕事終わり、食事に行こう】

「えっ！」

思わず驚きが声に出てしまった。幸いちょうど周りは休憩に行っている人が多くて、誰にも聞かれずに済んだ。

もちろん断る理由なんてない。忙しい彼がわたしのために時間を作ってくれていることが何よりもうれしい。仕事帰りに食事なんてすごく恋人っぽい！

【はい、楽しみにしています】

わたしはウキウキと返事をして、午後の仕事も頑張った。

五時半。無事に定時で仕事を終えて、少しだけ化粧を直し急いでエレベーターで一階に下りた。

彼が迎えに来てくれる。できるだけ待たせたくない。

エントランスを出口に向かって歩いていると、すれ違う社員の話が耳に入った。

「会社の前にいる人、すーっごいイケメン！」

「映画かなんかの撮影かな？」

連れだって歩く女子社員が、振り返りながら興奮気味に話をしている。

もしかして……。

急いで出ていくと、そこには知央さんが立っていた。

普段見慣れているわたしですら彼の姿に驚いた。たしかにあのたたずまいじゃ周囲の注目を集めるのも仕方ない。

なぜなら彼は大きなバラの花束を抱えていたからだ。

「知央さん」

「菫、おつかれさま。今日も仕事頑張ったか？」

「はい――あの」

わたしの背中に手を回しながら、顔をのぞき込んできた。いきなり距離が近づいてドキッとするが、それよりも気になることを聞いた。

「その花束はどうしたんですか？」

「これ？　もちろん菫にだよ。初デートの記念に」

「わたしにだったんですか？」

予想外の言葉に驚いた。まさか、急遽決まった外出なのにこんなうれしい気遣いがあったなんて。

「もちろん。少し派手すぎたかな？　次のデートでは他の花にしよう」

彼から抱えるほど大きな赤いバラの花束を受け取る。いい香りに思わず息を深く吸い込んで堪能《たんのう》した。思わず顔がほころんでしまう。

「素敵、ありがとうございます。まさかこんなうれしいサプライズがあるなんて」

記念日でもなんでもない日。

でも彼がこうやってわたしを楽しませてくれるから、とびきりの日になった。

「私も楽しみにしていたよ、菫とのデート。それに私たちは婚約者で恋人だ。菫を喜ばせるためならなんだってしたい」

彼にとっては本来の婚約者ではないわたし。それでも彼は、できる限りわたしのことを大切にしようとしてくれている。

「わたし、もらってばかりで申し訳ないです」

彼はこれまでもわたしに花以外にもプレゼントをたびたび贈ってくれていた。

彼はなんでもないことのように笑う。

「気にしなくていい。菫の喜ぶ顔が見られてうれしいよ。さぁ、車に乗って」

わたしを助手席に座らせると、彼は運転席に乗り込んでエンジンをかける。

「わたしも楽しみにしていました。実は仕事中もそわそわしちゃって……うれしいです」

「よかった」

ゆっくりと動き出した車内でも話は尽きない。

普段のわたしは人見知りもそこそこあるし、どちらかといえば聞き役に回ることが多い。

でも彼と一緒の時はあれこれと話が弾み気が付けば時間が過ぎている。年齢差も感じさせないのは、きっと彼が聞き上手《じょうず》だからだろう。わたしに合わせてくれているからいつも心地よいのだ。

やっぱり知央さんと一緒にいると楽しいな。

ふと運転中の彼の顔を見つめてしまった。

「どうしかした?」

「いいえ、なんでもありません」

素直に「かっこいいので思わず見とれてしまいました」と、言えばよかったのかもしれない。

でも自分の気持ちを知られるのがなんだか恥ずかしくて、とっさにごまかしてしまった。

それと同時に、これまで彼に対して感じたことのない気持ちが自分の中に芽生えていることを自覚した。

これまで感じていた〝好き〟とは違う。もっと体の奥から湧きあがるような熱い感情がわたしの心に芽生えていた。

車を走らせること二十分。

海辺にある一軒のレストランに到着する。

彼はわたしの食事の好みや、苦手なものを把握しているので、店選びも安心してお任せできる。そもそもわたしに相談されてもあまりお店を知らないから役に立たないのだけれど。

真っ白い外壁に飴色の木製のドア。

小さく店名が書かれている木製のプレート。明かりの絞られた落ち着いた雰囲気の店だ。

店内に入るとすぐにスタッフがやってきて中へと案内された。

用意された席は奥の個室。

四人掛けのテーブルだったが、テーブルセッティングはふたり分横並びでされていた。

スタッフに知央さんが「頼んでいたものをお願いできるかな」と言うとスタッフはすぐに退出した。

席の並びを不思議に思い尋ねてみる。

「どなたか後から来られるんですか？」

「どうして？　デートなのだから誰も来ないよ、ふたりっきりだ。あぁ、これか」

わたしが何を疑問に思っているか気が付いたようだ。

ふたりで食事をする場合向かい合うことがほとんどなのに、どうして隣同士で並んでいるのかと。

「こっちの方が近くにいられるだろう。これがデートの時の正しい座席の位置だ」

そういうものなの？

恋愛経験が乏しく、正解か不正解かわからない。

「もしかして疑っている？」

「そ、そんなことないです」

不信感を持っていることが、なぜばれてしまったのだろう。

「たとえ世間とは違っていたとしても、菫の相手は生涯私だけだから問題ない」

知央さんはきっぱりと言い切った。

たしかに考えてみればそうだ。

彼とわたしが納得しているならそれでいい。

きっと知央さんは、こういうお互いの認識の違いを共有するために、この夫婦修業の期間を設けたのだろう。

「どうぞ」

椅子を引かれて素直に座る。

「ありがとうございます」

彼はほほ笑んで隣に座った。

タイミングよく食前酒のワインが運ばれてきた。知央さんがテイスティングすると、ワインがわたしの前のグラスにも注がれた。

「では記念すべき初デートに」

彼がグラスを掲《かか》げ、わたしもそれに倣《なら》ってからひと口飲む。

「どう?」

「おいしい……と思います。実はワインのことはよくわからなくて。でもさっぱりしていて飲みやすい」

「菫が好きそうな軽いものを選んだんだ。興味があるなら勉強するといい。この手の話題が好きな人は多いから」

「勉強しておいて損はないということですね。わかりました」

これから先、彼の妻――現状では、婚約者としてやっていくには、そういった教養も大切になってくるのだろう。いわゆる社交も妻の務めだ。

大丈夫かな。

わたしにとって未知の世界だ。

あまり積極的な性格ではないけれど、そんなことを言ってはいられない。わたしの印象が、知央さんや霧島家の評価につながるのだから。

それでも心配が顔に出ていたのか、彼がすぐにフォローしてくれる。

「そんなに身構えなくても大丈夫。知らなければ『教えてください』って言えばいい。蘊蓄《うんちく》を語りたい人も多いからね」

なるほど、素直に教えを乞うという手もあるのだと知る。たしかに知ったかぶりをするよりはよほどいい。

「そう聞いて少し肩の力が抜けました」

「背伸びしすぎずに、自然でいい」

知らないことを恥ずかしいと思わなくていいと言う、彼の優しさにほっとする。

どうしても自分の至らなさが気になってしまうわたしにとってはうれしい言葉だ。

「菫が菫らしくいてくれるのが私にとっては一番大切なことだから、それを絶対に忘れないでほしい」

「はい」

わたしは頷いたが、でもやっぱり彼に釣り合う女性になりたいという強い思いはなかなか消えなかった。

フレンチを基本に様々な創作メニューが加わった料理はどれもおいしく、いつもよりも食が進む。

目の前に並ぶ料理を口に運ぶたび、口内に幸せが広がった。

「はぁ、お腹いっぱいです」

「デザートは？」

これ以上は食べられないと思っていたはずなのに、誘惑に勝てない。

「……いただきます」

彼がくすくすと笑いながら、スタッフにデザートを持ってくるように伝えている。

「菫はおいしそうに食べるから、連れてきたかいがあるよ」

「すみません。ついおいしくて夢中になってしまいました」

きちんとマナーは守ったつもりだが、指摘されると恥ずかしくなる。

「褒めてるのに謝らないでいい。ダイエット中だって言って食べないのはシェフにも失礼だから」

その言葉を聞いて、前につき合っていた彼女はそういうタイプだったのかなと想像して、胸がチクリと痛む。

独占欲のようなものを感じて自分でも驚いた。

恋愛結婚ではないのに、こんなことを思うのは間違っているかもしれない。

なんとなく自分の心のもやもやを消化できずにいたけれど、それもおいしいデザートを食べるとすぐに吹き飛んだ。

食事を終え店を出たわたしたちは、タクシーで帰宅する前にもう少し話そうと、手を繋いで潮風にあたりながら歩いた。

乗ってきた車はわたしたちが食事をしている間に、霧島家の運転士が自宅まで戻してくれているそうだ。

さすが知央さん、何もかもスマートだ。

残暑厳しい昼と比べ、夜になると過ごしやすい。アルコールで火照《ほて》った体を冷ますにはちょうどよかった。

指を絡め合ってしっかりと握られた手。慣れないスキンシップはドキドキしてしまうけれど、彼を近くに感じるのはうれしい。

嫌な気持ちなんてこれっぽっちもない。それだけでも彼がわたしにとっては特別な男性なんだと思い知る。

「疲れた？」

「いいえ。風が気持ちいいですね」

「あぁ、そうだな」

いつもきちんとしている彼の前髪がわずかになびいている。見慣れているはずの横顔なのに綺麗でつい見つめてしまう。

彼が足を止めて遊歩道の欄干《らんかん》にもたれ、遠くを見つめた。わたしも彼の隣に立ち景色を眺める。

穏やかな時間が流れている。

お互い言葉は少ないけれど逆にそれが心地よい。

ひと月前だったら、まさか自分が知央さんと結婚を前提に一緒に住むなんて思ってもいなかった。考えてみれば不思議なことだ。

「知央さん、今日は楽しかったです」

「それはよかった。私も菫と過ごせてよかったよ」
彼の大きな手のひらがわたしの頭を撫でる。
小さなころから何度も繰り返されてきた行為だ。
その意味はその時々様々で、褒めてくれたり、慰《なぐさ》めてくれたり。今のこの行為には
どういう意味があるのだろうか。
その真意が知りたくて、彼の目をじっと見つめる。そこには今まで見たことのない
熱のこもったまなざしがあった。
頭を撫でていた彼の手が頬に添えられた。
彼が優しくわたしを上向かせる。
キスの予感にゆっくり目と閉じると唇に柔らかいものが触れた。
すぐに唇が離れたのでわたしは目を開く。
まだ至近距離に彼の顔があった。
「大人のキス、してみようか」
返事をする間もなく、もう一度唇が重なる。今度は離れることなく角度を変えて唇
を食《は》まれる。
下唇を吸い上げられて、閉じられていた唇が開くと彼は遠慮《えんりょ》なくそこに舌を差し込

んだ。

「……っん」

戸惑いながらも、必死になってキスに応える。気が付けばわたしは彼の二の腕をぎゅっとつかんでいた。

お互いの舌先が触れる。

びっくりして逃げようとしても、彼はそれを許さない。すぐに見つけられてつかまってしまう。

息苦しさを感じるほどの激しいキス。

最後に下唇を甘噛みされた。

あえぐようにしか息ができない。足に力が入らず思わず膝から崩れ落ちそうになった。

「おっと、危ない」

彼が支えてくれて、わたしはその手にしがみつく。

「大丈夫？」

のぞき込まれた瞬間、彼の唇が目に入りドキッとして心拍数があがる。

さっきまであの形のいい唇がわたしに……。

している最中は夢中だったけれど、我に返ると羞恥心が襲ってきた。熱くなった頬を隠すようにうつむく。

「こっち、見て」

彼に言われると逆らえない。わたしはゆっくり顔をあげた。

「これで完璧なデートになったな」

彼のその言葉に、わたしは小さく頷くことしかできなかった。

ゆっくりとふたりで歩く。

楽しかったデートもおしまいに近づいてきた。

「本当ならここでさようならするんでしょうけど、同じ家に帰るからさみしくなくてよかったです」

なんとなく離れがたいと感じた。でもよく考えれば同じ家に帰り同じベッドで眠るのだ。さみしいなんて思う必要はない。

笑うわたしの手が急に引っ張られた。気が付いた時にはまた知央さんにキスをされていた。

「な、なんで急に」

さっきとは違い、そんな雰囲気ではなかったはずだ。

「菫がかわいいことを言うから仕方ない」

仕方ないでキスをされたら、わたしの心臓はこの先どうなってしまうのだろうか。

そんな不安を抱えつつも、やっぱり幸せの方が勝る。

彼に手を引かれて歩きながら、半歩前を歩くその背中を見て「この人と結婚するんだ」と思うとなんだかくすぐったくなった。

わたし、知央さんのことが好き。

小さなころから憧れていた。でも今胸の中にある気持ちとは違う。

もっと近くにいたいと思う。手を繋ぎたいし、キスされるとうれしい。

この気持ちが恋だと自覚した。

だから知央さん、わたしのことを好きになってください。

結婚が決まっている相手。

でもわたしは彼の心も欲しい。それがどんな贅沢だとしても、それでも自分と同じ気持ちを彼にも持ってほしいと思った。

でも……そのために具体的にどうすればいいのか、わからなかった。

第四章　ずっと君が好きだった

毎日があっという間に過ぎていく。気が付けば知央さんと一緒に暮らしはじめてから一か月が経っていた。

十月に入り、秋の深まりとともにわたしと知央さんの仲もより深くなっているはず。ふたりで生活するのには慣れてきた。でも彼の婚約者として認められるにはどうすればいいのか、いまだよくわからない。

わたしの家族を説得するためにはじめたことだから、自分たちが納得するだけではダメだ。

焦ってもどうにもならないとわかっているんだけど……。

それと同時に気になっているのは姉のことだ。

あの後姉から連絡があり、急にいなくなったことへの謝罪と、彼の話を聞いた。姉が彼氏の存在をわたしに教えてくれなかったことはショックだったけれど、わたしがうっかりして両親の前で話をしてしまったら大変なことになっただろうから、姉が隠し通したのも理解できる。

それだけ彼との恋は真剣なのだとわかった。

いろいろ思うところはあったけれど、姉が元気なのであればと、とりあえずは安心した。なれそめなどは今度会った時に、いろいろ聞かせてもらおう。姉がどんな人を選んだのか興味がある。

どうやら両親にも一度連絡があったようだが、居場所はわかっていない。本人の意思でいなくなっているので、警察に相談しても何かしてもらえるわけではないそうだ。結局両親が折れて、二週間に一度程度、元気であることを知らせることで折り合いをつけたようだ。

早く両親を説得できればいいのに。自分の結婚にも難色を示されているけれど、姉たちのことも気にかかる。これまで一緒に暮らしてきた家族がばらばらになってしまったように感じて少しさみしく思う。

でもわたしには知央さんがいる。彼と暮らしているのにさみしいと思うなんて贅沢がすぎる。

その知央さんは土曜日にも関わらず、一泊の出張で、明日帰ってくる予定だ。

空いた時間で家事でもすればいいのだろうけれど、彼が手配してくれている家事代行サービスの人の仕事が素晴らしく、わたしが手出しする必要などない。

ずっとさぼっていた英会話でもやろうかとテキストを引っ張り出している時に、スマートフォンが鳴った。相手は母だ。

「もしもし、お母さん？」

心配性の母は何かにつけて連絡してくるので、いつもと変わらない調子で特に気にすることなく電話に出た。

『菫、明日は時間ある？』

「うん、特別な予定はないけど」

なんだか声に元気がない。

『明日ボランティアサークルの集まりがあるの。でも実はお母さん、ぎっくり腰になってしまって……代わりに行けないかしら？』

「えっ⁉　大丈夫なの？」

『薬を飲んだら痛みはましになったけど。外出は難しいわ』

「無理しないで、よく休んでね」

知央さんは出張で留守なので家を空けることは問題ない。でも内容によってはわたしでは対応が難しいかもしれない。

「ボランティアに参加するのすごく久しぶりなんだけど、わたしで大丈夫かな？」

『明日は介護施設への慰問《いもん》なのよ。お花のお世話をする予定になっているから、難しいことはないわ』

「それなら大丈夫かもしれないけど」

『明日は霧島の奥様もお見えになるって聞いているわ。近い将来的にお世話になるかもしれないのだから顔を合わせる回数が多い方がいいでしょう？』

「それはそうだと思うけど……」

以前ご実家に行った際には、お義母様には会えなかった。知央さんが話をしておくと言ったけれど……。

たしかにご実家にご挨拶を済ませているのに、会えていないのは気になっていた。できるだけ早く顔を合わせておいた方が、後々のためにはいいに違いない。

まさか避けられてるってことはないよね？

わたしの心配が母に伝わったのか、フォローしてくれる。

『たしかに厳しい人だけど、根はいい人よ』

母がそう言うなら、大丈夫だろう。

「わかったわ。あまり役に立つとは思えないけど、代わりに頑張ってくるね」

『大丈夫よ。他の慣れている人に聞いてその通りに動けばいいから』

以前も母の代わりに出席したことがある。その時もなんとかやり遂げたし、こういうボランティア活動も、知央さんと結婚するならたくさん経験しておく必要がある。

わたしは明日行く施設の場所を調べて、できることを少しずつやっていこうと心に決めて眠りについた。

連絡のあった日の翌日、日曜日。わたしは用意をして慰問先の介護施設に向かった。

知央さんには、昨日の時点で報告済み。彼が帰ってくる時間にはわたしもボランティアを終えて帰宅しているはずなので問題ない。

電車で二十分。わかりやすい場所にあったので、介護施設まで迷わずに行けた。

わたしが到着した時にはエントランスに母くらいの年代の人が数人いて、その中に知った顔があってほっとした。

「こんにちは」

近寄って挨拶をすると数人が振り返る。

「あら、宮之浦さんのところの？」

「はい、菫です。母が体調をくずしまして、代わりに来ました」

おそらく、この人について指示通りに動けば足を引っ張らずに済みそうだ。

「聞いてるわ。ご容体はいかがなの？」

「快方に向かっているようです。ありがとうございます」

「ならよかった。若い子が来てくれるのは大歓迎よ。みなさーん、今日は宮之浦さんの娘さんがお手伝いに来てくださいました」

周囲から小さな拍手が起こり少し恥ずかしかったけれど、受け入れられてほっとする。それも母が普段から皆さんと良好なコミュニケーションをとっているおかげだろう。

最初に声をかけた女性は面倒見のいい方ですぐにわたしを周囲の人に紹介してくれた。母のことを知っている人が多いので、皆さんよくしてくれる。

知央さんのお母様はいらっしゃらないのかな？

周囲をきょろきょろと見回したけれど、それらしい人はいない。

挨拶だけはしておきたいと思ったけれど、もしかしたら今日は来られなくなったのかもしれない。

「では皆さん、まいりましょう」

リーダーらしき人に促されてみんなについていく。

今日は、施設に飾ってある生け花を入れ替える作業を中心にお手伝いをするようだ。

わたしは花や花器を運んだり、出たゴミを片付けたりと雑用を引き受けて何か所か行き来していた。

そんな時、作業中に呼び止められて振り向くと、ひときわゴージャスな美女が立っていた。

「あなたが宮之浦菫さんね？」

誰だっただろうかと顔を確認すると、目元を見てわかった。知央さんによく似ている。

「霧島のお義母様」

「お義母様？　ずうずうしいわね」

氷のような冷たいまなざしにドキッとしてしまう。

「し、失礼しました」

深く頭を下げて失礼を詫びる。

お義父様と呼ぶように言われたからといって、お義母様とはあまり話をしたこともないのになれなれしくしすぎた。

「あなたうちの知央と結婚したいんですって？」

突然話を振られて驚いたけれど、お義母様も当然結婚の話はご存知だろう。だからそのことについて何か聞かれても不思議ではない。

「は、はい。先日お祖父様と霧島会長にはご挨拶させていただきました」

「そんなことはどうでもよくてよ」

ど、どうでもいい？

わたしは驚いて返事すらできない。

「わたしの許可なく知央と結婚なんてできませんから」

強い言葉とともに睨《にら》みつけられて、どうしたらいいかわからない。

「それは……ごもっともなことだと思います」

知央さんは問題ないと言っていたけれど、お義母様が反対されるのであればやっぱり意見を聞くことも大事だ。

「なるほど、少しはわきまえているのね」

にっこりとほほ笑んでいるが、目が笑っていない。わたしは手に持ったゴミ袋をぎゅっと握りしめて次に何を言われるかと身構える。

「宮之浦さんのお嬢さんって聞いていたから、お姉さんの方かと思っていたのに。まさかうちの知央の相手がこんなお子様だなんて」

一番気にしていることを言われてしまった。事実だから否定もできずつらい。

「一日も早く彼に見合う女性になるように頑張ります」

　これからの自分を見てもらうしかない。

「知央に追いつけるのかしら？　あなたのような人が」

　それもお義母様のおっしゃる通りだ。でもあきらめたくない。

「努力します」

　わたしたちの会話を聞いていた周囲の人が集まってきて、余計に緊張する。お義母様はこの会の中心人物であるようで、先ほどまで気安く声をかけてくれていた人たちも黙って見ているだけだ。

　霧島家の人に面と向かって意見する人は少ないだろう。

　そう思っていたのに、ひとりの人物が声をあげた。

　助け舟かと思ったけれど違ったようだ。

「霧島家に嫁がれるつもりなら、お花くらいは生けられるでしょう？　ぜひ見てみたいわ、ねぇ霧島の奥様」

「あら、それはいいわね」

　お義母様も笑って、わたしに花器のある方を指した。

「こちらのお花をお願いしようかしら。そのくらいできるわね」

華道は一通り習った。けれどあまり得意ではなく、むしろ苦手意識がある。

花器の前に立ち、置いてある花を確認した。三種類ほどの素材が準備されている。

この素材なら役枝《やくえだ》はこれかな……。

枝ぶりのいいものを選び、花器の高さを見ながら枝を切っていく。

「あ……」

しかし持ち上げた瞬間に、枝の一部がぽろっと取れてしまった。

どうしようと思っていたら、先ほどわたしに花を生けるように勧めてきた女性がくすくすと笑っているのが聞こえた。

もしかして。

急いで他の花も確認すると、茎が折れていたり葉が落ちそうになっていたり、どれもあまり状態が良くない。

これは嫌がらせ？

でもたまたまかもしれない。

疑うのはよくない。それに、ここでできないと言って投げ出すのは、知央さんやお義母様の顔に泥を塗ることになる。

このお花は床《とこ》の間《ま》に飾るわけではない。少ない材料だしルールにのっとってできる限りやるしかない。

わたしは一生懸命《いっしょうけんめい》、なるべく基本に忠実にそれから少しでも楽しい気持ちになれるように、華やかになるよう気を付けて生けた。

「あら、ルールもご存じないのかしら」

背後から聞こえる声に気持ちをかき乱されながら、大事なのは見る人がどう思うかだと自分に言い聞かせる。

「できました」

わたしが振り返ると、お義母様と先ほどの女性が真っ先に見にくる。

「宮之浦さんったら、娘さんにお華くらいまともにできるようにさせていないと。このような出来では恥ずかしいわ」

侮蔑《ぶべつ》の表情を浮かべながら両親のことまで悪く言われ、身の置き場がない。頑張ったからって認められるわけではないのは理解しているけれど、落ち込んでしまう。

「本当ね。ちょっと貸してごらんなさい」

「えっ、霧島さん」

急にお義母様が前に出て生けてある花を何本か抜いた。先ほどわたしに意見した女性は、その行動に驚いているようだ。

しかしお義母様は気にすることなく、さっさと手直ししていく。

「ここは、こっちの方がいいわ。正面を意識しすぎなの」

「わぁ、本当ですね。ほんの少しのことなのにこんなに変わるんですね」

これまでの経緯を忘れて、手際の良さに感心して思わず声をあげる。それくらい出来栄えが変化したのだ。

お義母様を見ると驚いた顔をしていた。

「す、すみません。なれなれしくして」

先ほど怒られたばかりなのに、学習能力のなさが露見したみたいで恥ずかしい。

「あきれたわ。さっきまで散々嫌味を言われていたのを忘れたの？」

「それは……反省しています。至らずに申し訳ありません。でも……あの、やっぱりすごいなって思ったので」

恐る恐る素直な気持ちを伝えたら、「ほんとにあきれた」と言われてしゅんと落ち込んだ。

「でもわたくし素直な子は嫌いじゃないわ。わざと花を傷つけるような人よりよっぽどまし」

「あ、ありがとうございます」

表情は冷たいままだったけれど、かけてくれた言葉は優しくて思わず笑顔になった。

しかし、わたしとは違い、お義母様に厳しい言葉をかけられた女性は顔を赤くして唇を噛《か》んで悔しそうにしている。

その女性は我慢ができなかったのか、嘲《あざけ》るような笑みを浮かべながらわたしの方へ向いた。

「霧島家のご子息とでもあろう方が、こんな教養もない子どものような方とご結婚だなんて。いいご趣味されているのね、非常識もはなはだしいわ」

その言葉はわたしが一番恐れていたものだった。

自分のことをどう思われても仕方ないが、そのせいで彼が悪く言われることは耐えられない。

「失礼なことを言わないでください！」

それまで何を言われても、素直に頷いていたわたしが急に声をあげたのに女性は驚いたようだ。

「んまぁ、なんなの？　年上の者に向かってその言い方。マナーもなっていないなんて最低ね」

相手が怒りに任せてまくし立ててきた。

しかし、わたしもここで退くわけにはいかない。

「わたしへのご意見やご指導はちゃんと聞きます。すぐに改善できることならそうします。でも知央さんを悪く言うのはやめてください」

「まぁ、なんてこと！」

女性が金切り声をあげた途端、「こんにちは」と、低いけれどよく通る男性の声が聞こえて、みんなが一斉に振り返った。

「知央さん⁉」

思わず彼の方へ駆け寄る。彼の帰国予定は本日の夜だったはずだ。なぜここにいるのだろう。

「菫、早く仕事が終わったから迎えに来たよ」

彼はわたしの背中に手を添えて顔をのぞき込んできた。わたしは突然の彼の登場にうまく反応できない。

彼はそんなわたしの様子を気遣いながら、背中に手を添えたままお義母様の前に進む。

「菫にはあまりかまわないでください」

「と、知央さん？」

突然何を言い出すのかと焦った。ふたりの間に立って、不穏な空気におろおろしてしまう。

「あら、なんだかわたしが悪者みたいじゃない」

お義母様はあきれた様子で笑いながら言った。その態度が気に入らなかったのか、知央さんもそっけなく言い返す。

「どう見てもそう見えますが」

ふたりの間に、見えないはずの火花が見えた気がした。

わたしは必死にふたりの間を取り持とうと口を開く。

「知央さん、違うんでです。お義母様は――」

「ともかく、菫は連れて帰ります。では」

「待ってください。え……」

事情を説明しようとしたけれどその前に、彼はこれまでにないくらい強い力でわたしの手を引いた。

「ボランティアはもういいだろう。帰ろう」

「でも、ダメです」

わたしは彼の手を振り切ってお義母様の前まで行く。このまま帰ってしまうのはよくない。せめて挨拶だけでもしなくては。

「今日はいろいろと教えてくださってありがとうございました。次お会いできる時まで練習しておきます」

「あら、あなたまた会うつもりなの？」

意外だというような反応だ。わたしは知央さんと結婚するのだから、彼のお母様とも何度も顔を合わせるものだと思っていたが違うのだろうか。

もしかして、もう二度と会いたくないという意味なのかもしれない。

「え……と、わたしは会いたいです」

お義母様はわたしの顔を見て、愉快だと言わんばかりに声を出して笑った。

わたしは何がおかしかったのかわからずに、おろおろしてしまう。

「まぁ、あの子が許せばまた会いましょう」

お義母様の視線の先にいる知央さんを見ると、難しい顔をしてこちらを見ている。

自分の母親と結婚相手が仲良くする方がいいと思うのだけど、彼の表情を見るとそうは思っていないようだ。

「ほら、もう行きなさい」

お義母様がわたしの肩をぽんぽんと叩いた。その手が思いのほか優しくて、母が

『厳しい人だけど、根はいい人よ』と言ったのがわかった気がした。

お義母様にそっと背中を押されて彼の元に駆け寄った。

彼の方からも近寄ってきてわたしの手を握り、すぐに出口に向かって歩きだした。

わたしは振り返って、今日お世話になった人たちに頭を下げてから施設の外に出た。

「母に何を言われたんだ？」

「え、言われたんじゃなくて、言ったんです。またお会いしたいって」

「どうして？」

少しだけ先を歩いていた彼が足を止めて振り返った。

「そんなに不思議なことですか？　お義母様も似たようなことをおっしゃってましたけど」

「母が？」

「ええ。次会う時の話をしたら『会うつもりなの？』って。もしかして……もう二度と会いたくない程嫌われてしまったんでしょうか？」

たしかに一生懸命やったけれど、残念な出来具合だった。

「そうか……いや菫は何も気にしなくていい。何か嫌なことをされたらすぐに私に言って。わかった？」

「はい、そうします。でも嫌じゃないですよ。少し緊張はしますけど。今日だってわたしのダメな生け花をちゃんと正してくださいました」

誤解をさせたくなくてしっかりと否定する。

その様子に彼は驚いたようだった。

「菫は、すごいな」

なぜだか彼は楽しそうに笑いだした。わたしはその理由がわからない。

「どういう意味ですか？」

「ん？　どういう意味だろうな」

彼ははっきりと答えてくれなかったけれど、さっきまでとは違い表情が柔らかくなっていた。だからこれ以上は深く聞かないことにした。

お義母様とせっかくお会いできたのにうまくいかなかった。それでも次に会う時には少しでも成長する姿を見せたいと思う。

でも今日も言われちゃったな。お子様って……。

これから頑張ろうと思っているけれど、やっぱり言われるたびに心に重くのしかかってしまう。

それでも努力し続けるしかないのだけれど……。

帰宅後、お互い顔を合わせなかった間の話をしながら食事をとった。わたしがお風呂から出ると、彼の姿はリビングにはなく、どうやら書斎で仕事をしているようだった。

もしかしたらわたしを迎えにきたことで、仕事が残ってしまったのかもしれない。

なんの力にもなれないわたしだけど、せめて彼の邪魔にだけはなりたくない。

わたし、彼の足を引っ張っていないよね？

疑問が湧いてきたと同時に、今日言われた言葉がよみがえる。

『霧島家のご子息とでもあろう方が、こんな教養もない子どものような方とご結婚だなんて。いいご趣味されているのね』

自分でも、顔立ちが幼い自覚も、世間知らずの自覚もある。でもこう見えても二十三歳の女性だ。ちゃんと大人の女性として見てもらいたい。

特に知央さんには。

この間のデートではキスをした。決して軽いものではなかった。だからそろそろ次の段階に進んだって不思議じゃない。

そういうことをするのはもちろん初めてだったけれど、彼とならいいと思っている。

むしろ彼以外とはキス、いや手を繋ぐのすら無理だと思ってしまう。

覚悟はできている。こうなったら自分から誘うべき？

しかし経験もないのにどうやって？

きっと彼は、わたしの経験のなさを気にしてゆっくり進もうとしているに違いない。

わたしを思ってのことだというのは理解できる。

でもうれしいけれど物足りない。

好きって自覚したらどんどん欲張りになってしまった。

もっと彼と近づきたい。

彼の大きな手で触れられたい。

この夫婦修業の三か月で本当の夫婦になりたい。そのためには悠長《ゆうちょう》にかまえている暇などないように思える。

こうなったら……。

わたしはスマートフォンを開いてインターネットの賢人たちの経験を参考にすることにした。

結果……。

の、飲みすぎたかもしれない。

わたしが参考にしたのはお酒の勢いで自分から誘うというもの。少しずるい気はするけれど、そうでもしないとわたしたちの間に劇的な変化は見られないのだから仕方がない。

ちょうど冷蔵庫にお土産でいただいたチューハイがあったので、試すことにしたのだ。

リンゴのすっきりとした甘さと炭酸が、お風呂で渇いた喉にしみこんでいく。

「おいしい」

ぐいぐい飲めてすっかりいい気分になる。

「もう一本飲んじゃおうかな」

一本では決心がつかなかった。これから彼を誘う緊張をまぎらわせるためにどんどん飲んでしまう。

その結果、すっかりよっぱらってしまった。

ダイニングテーブルに着いているにも関わらず体がフワフワする。

ボランティアをしてお義母様に会って、心も体も疲れていたせいかいつもよりも酔いが回るのが早かった気がする。

でも気持ち悪いって感じではなくて、むしろ上機嫌だ。

そうだ知央さんに言いたいことがあったんだ。あやうく本来の目的を忘れるところだった。

わたしはふらふらと歩きながら、彼が仕事をしている書斎へ向かった。

ノックをして少しだけ扉を開き、中の様子をのぞいた。ノートパソコンに向かう彼の背中が見える。

「董？」

彼はすぐにわたしに気が付いて、振り返り顔をこちらに向けた。わたしはうれしくなって彼に声をかける。

「知央さぁん、まだお仕事ですぅ？」

お酒のせいで呂律《ろれつ》が怪しい。彼もすぐにわたしの様子がいつもと違うのに気が付いたみたいで、扉のところまでやってきてくれた。

「董、飲んでいるのか？」

「はい、少しだけ」

手に持っている缶を見せると、彼はそれをわたしの手から取って体を支えてくれた。

「そこまで強い酒じゃないみたいだけど、平気？」

彼はわたしの様子をうかがうように、顔をのぞき込んできた。

「もちろんです。ほら」

大丈夫だと証明するために、しっかり自分の足で立とうとしたらふらついてしまい、結局彼がわたしを支えなおす。

「ダメだな。寝室に行こう」

彼はわたしをひょいっと抱えると寝室に向かう。わたしは彼の体温が気持ちよくて彼の頬に思わず自分の頬をすりつけた。

「体が熱いな」

「ん？　気持ちいい」

彼の頬の感触が気持ちよくて頬ずりを繰り返す。

「菫……すぐに横になった方が良い」

彼は寝室に着くとわたしを優しく寝かせた。

「水を持ってくるから」

「やだ、行かないで」

「でも、少しだけでも飲んだ方が……菫っ⁉」

わたしはベッドから離れていこうとする彼の腕を引っ張って、ぎゅっと抱き着いた。

「嫌なの。一緒にいてほしいの」

「どうしたんだ菫」

これまでにないほど焦った様子だ。

自分らしくない行動だと思われているだろう。でも今はとても本音を隠すのが難しい。

これまで考えていたことがあふれ出してしまう。

「わたし……」

「ん？」

首を傾げる彼の顔をじっと見つめて、気持ちをぶつけた。

「わたしを女として見られませんか？」

顔を見られたくなくて、彼の胸にすがりついてしまう。

「いや、待て。急にどうした？」

わたしの突飛な行動に、彼はひどく焦っているようだ。

「急じゃありません！　わたしずっと考えていました。わたしが子どもっぽいのは認めます」

「いや、だから――」

わたしは彼の言葉を聞かずに、自分の気持ちをぶつける。

「でもわたしたち夫婦になるんですよね？　それにわたしたちは今、恋人同士のはずです。それなのに――」

興奮したわたしの目に涙がたまる。

「それなのに、同じベッドで寝ていても何もないなんて、彼女として失格じゃないですか？」

先ほどネットで調べていてどんどん怖くなった。セックスレスのカップルが多くいるという現実。

一度もそういうことがないわたしたちは、レスどころの話ではない。

でもわたしはちゃんと彼の恋人になりたいし、将来的には立派な妻になりたいのだ。

「だから……抱いてください」

いくら追い詰められているからと言って、自分が人生でこんな言葉を言う日が来るなんて思っていなかった。

それでも言わなければ、このままでは一向に前に進めない。

拒否されたらどうしよう、とも考えた。でももう胸の中がいっぱいでどうしても彼に伝えたい。

両親にもお義母様にも、そして周囲の人たちからも、わたしでは彼の妻は務まらないと言われた。

「知央さんだけでも……わたしでいいって言ってください」

すがるような気持ちだった。彼だけはわたしを拒まないでほしかった。

「それは言えない」

「ど、どうして！　わたしもっと頑張ります、どうしたらいいですか？」

ぽろぽろと涙がこぼれる。そんなわたしを見て彼は困った顔をした。

わたしのわがままで、彼を煩わせている？

やっぱり言わなければよかった。

そう後悔がよぎった瞬間。

「〝菫でいい〟なんて言えない。私は菫じゃなきゃダメなんだから」

「え……」

予想外の言葉に困惑した。

その間に彼がベッドの上に乗り上げ、わたしを組み敷いた。

「悩ませて悪かった。そんな思いをさせるつもりじゃなかった。ただ大切で大事にしたかったんだ」

彼がわたしの涙を拭いながら切なそうな表情を見せる。

「菫は何か誤解しているようだけど、私はずっと我慢していたんだ。だから君からそんなふうにかわいらしくねだられると理性がどこかにいってしまう」

わたしの気持ちに応えるように、彼も心の内を差し出してくれた。

「わたし、はしたなくないですか？」

今更心配になって聞いてみた。

「こういう時はね」

彼がわたしに優しく諭すように言う。

「はい」

「少しはしたないくらいがちょうどいいんだよ」

言い放つと同時に妖艶《ようえん》な笑みを浮かべた彼が、わたしの唇に噛みつくようなキスをした。

「……っん！」

唇を覆われて濃厚なキスを与えられる。

一切の遠慮も見せずにすぐに彼の熱い舌が口内にねじ込まれ、逃げる隙《すき》もなくあっけなく舌が捕らえられた。

いやらしい音が脳内に響く。

息苦しさを感じると、彼はすぐにそれに気付き、唇から首筋に舌を這わせた。

「あっ……ん……」

ぞくぞくとした感覚が背中を駆け上る。とっさに出た自分の声が妙に生々しくて、羞恥心で体が熱くなる。

慌てて口元に手を当てて声が漏れないようにした。しかしその手はすぐに彼に捕らえられてシーツに縫い留められた。

「かわいい声、もっと聞かせてほしい」

熱のこもった目で見つめられると、逆らうなんてできない。

彼の大きな手のひらがわたしの頬を優しく包み込む。

「誰が何を言ったか知らないが、菫は素敵な女性だよ。そうじゃなきゃ結婚しようなんて思わない」

「知央さん……」

いつも大切にはされてきた。でもこうやって彼のわたしに対する気持ちを聞いたのは、初めてのような気がする。

「だから他人の言葉じゃなくて私の言葉を信じて、安心して私と結婚すればいい」

「……よかったぁ」

ほっとして思わず涙がにじんだ。

不安だった。祖父たちの約束と姉の失踪というアクシデントが重なってわたしたちは結婚することになった。

だからずっと自信がなかった。すべての懸念が解消するわけではないけれど彼の気持ちがわかって、これで少し前に進めるのかもしれない。

「ほら、泣いてる場合じゃないぞ」

彼が涙を拭ってくれる。その指先すら優しくてますます泣けてしまいそうだ。

「ほら、深呼吸して」

彼はわたしを落ち着かせるようにぎゅっと抱きしめてくれた。

あったかい体温と彼の匂いに包まれて心から安心する。

深く呼吸を繰り返してきたら、急に疲れと酔いが一気に押し寄せてきた気がした。

あれ？　どうしちゃったんだろう。

閉じた瞼《まぶた》が重くて開かない。これからが大事なのに！

「菫？」

「……はい」

返事はしたものの、どうやっても目が開かない。

寝てはダメと思いながら心地よさに耐えられず、わたしは眠りの淵に落ちていった。

＊＊＊

体の火照りを冷ましながら、シャワーを浴びる。

菫は私の忍耐力を過信しているようだ。どうしてあの状況で眠れるというのか。まるで狼の前で無防備に眠る子羊のようだ。

そのまま初めての菫相手に、がっつくわけにもいかない。

彼女を暴走させてしまったのは私のせいだと言い聞かせて、なんとかシャワーを終えてリビングに戻った。

寝室をのぞくと菫は気持ちよさそうに眠っていた。

人の気も知らないでと思うが、こちらの気持ちをこれまできちんと伝えきれてなかったのだからそれも私が悪い。

キッチンに向かい、グラスに氷を入れてブランデーを注いだ。

酒でも飲まないと眠れそうにない。

そういえば菫も珍しく飲んでいたな。きっとあの行動の裏にはものすごい勇気が必要だったんだろう。

頑張ってくれた彼女を愛おしいと思うと同時に、そうさせてしまった自分を不甲斐なく思う。

普段はプライベートでも仕事でも一切隙を見せないように生きてきた。それが霧島家に生まれてきたもののあるべき姿だから。

だが菫のことになると、大事に思うあまり後手に回ってしまう。

年の差を気にしているのは何も彼女だけではない。これから先、若い彼女が私と添い遂げると決めたことを後悔してほしくない。

そんなことを考え、自分の気持ちを抑えていた結果がこれだ。

正解がわからない問題にこんなにも悩む日がくるなんて思わなかった。まさか自分が女性のことで悩む日がこようとは。

だが彼女の気持ちを優先したいと思う反面、心配は尽きない。

菫からボランティアに行くと報告を受けた時、できれば参加してほしくないと思った。そのボランティアグループは母が主宰しているものだと知っていたからだ。

今日の会場にも母がいると知りさっそく心配になって迎えに行った。

実家に婚約の報告をした際に、母があの席にいなかったのは、菫と私の結婚に反対しているという意思表示に違いない。私にとっては反対されようがなんら問題はないが、敵意が菫に向かうならば話は別になってくる。

母が菫に何かしていないかと心配になりボランティア会場に向かったが、案の定母とその取り巻きらしき人物が、姑息《こそく》な嫌がらせをしていた。

しかし彼女は泣き寝入りすることなく、自分のできることを精一杯やってみせたようだ。おそらく母に辛辣《しんらつ》な言葉のひとつやふたつ、いや、それ以上を浴びせられたに違いない。

それでも本人は「教えてもらった」とはっきり言っていた。帰宅後も母からのアドバイスが大変役に立ったと言うほどだ。

彼女の様子から無理をしているようにも感じられなかった。

菫はどちらかといえば、か弱そうに見える。私自身も守ってやりたいと思っている。しかしそれだけではないのが彼女の魅力だ。

あの母にまた会いたいと思えるのはある意味すごい。彼女が相手の良いところを見つけるのが上手なのは今にはじまったことではないが、普通は自分に対して威圧的な相手は避けるものだ。

私にとってはどうにも面倒でしかない母だが、彼女としてはひとりでも多くの人に認められて結婚したいという思いがあるのだろう。

正直、誰に反対されようが彼女を手放すつもりはない。それでも彼女の満足する形で結婚をしたい。

それがなんだかんだと理由をつけて彼女を手に入れた私自身の義務だと思うから。

今日のことは残念だと思う。けれど酔って押し切られる形でふたりの初めてを迎えなくてよかったと今では思える。

いや、我慢してないと言えば嘘になるが。

それでも、彼女とゆっくりでもひとつひとつ作り上げていく時間が今の私にとっては大切に思えた。

＊　＊　＊

十月中旬の祝日。

わたしと知央さんはマンション近くのお店でランチを終えた後、近くの公園を散歩していた。

「本当にこんな近場でよかったのか？」

「はい。このあたりのことあまり知らないので、散策につき合ってくれてうれしいです」

秋風が街路樹の木々を揺らす。天気も良く絶好のデート日和《びより》だ。

やっと彼と手を繋いでいても動揺しなくなった。気が付けば彼の手を探している自分に驚いたくらいだ。こうやって少しずつ関係が深まっている。

そう、少しずつだ。

あの日、せっかく勇気を出したのに思い描いた結果には結びつかなかった。それでもわたしの気持ちが彼に伝わったし、彼の気持ちも知ることができた。

それはとても大切なことだったと思う。

知央さんといる時は話をしなくても心地よい。だからって大事なことを黙っていては伝わらないのは当然のことだ。

逃げてばかりでは何も得られない。結果がどう出ようとも行動することは大切だ。

わかっていたはずなのに、恋愛になると途端に臆病《おくびょう》になってしまう。

反省して、次はお酒の力を借りずに頑張りたい。

「あっ……骨董《こっとう》市ですかね？」

「そうみたいだな。のぞいていく？」

わたしが大きく頷くと、彼がわたしの手を引いて催しが行われている広場に向かった。

かなり大きな規模のイベントらしく、フリーマーケットのようにたくさんの店が並んでいる。中でも家具や食器などの骨董品が多いように思う。

奥のブースにはテントが張ってあり、ホットドッグやカラフルな綿あめ、ビールやカクテルを提供する屋台が並んでいた。

「わぁ、こういうの見るとわくわくしますね……あ、でも知央さんはあまり興味ないですか？」

「どうして？」

だってこんなゴージャスな彼が、なんとなくこの場になじまないなんて言えない。どう言葉にすべきか迷っていたところ、彼が先に口を開いた。

「興味がないわけではないよ。特に骨董品なんかは面白そうなものがあるかもしれない」

「よかった。少し見て回ってもいいですか？」

わたしには趣味といえる趣味はないのだけれど、家業が家具を取り扱っているので、自然と興味を持ち特にアンティークものを見るのが好きなのだ。

「もちろん。楽しそうにはしゃいでいる菫を見るのが楽しみだ。私にとって最高の休日になるな」

極上の笑みを浮かべる彼に見つめられて、思わず頬が熱くなる。

彼がわたしがいいと言ってくれたことでもすでにうれしいのに、最近のリップサービスに耐性がなさすぎてすぐにタジタジになってしまう。

「かわいいな、菫は」

「か、からかわないでください」

彼はあたふたしているわたしを見るのを楽しんでいるようにも思える。

まぁ、彼が楽しいならそれでいいかな。

わたしといる時は笑顔でいてほしい。リラックスしている彼を見ているとほっとできるから。

そんなやり取りをしていると、ふと古いスツールが置かれているのを見つけた。

「あれって……もしかして」

近寄ってよく見てみる。特徴的な形の作品で、掘り出し物かと思ったけれど、リプロダクト品だった。

「残念です。すごく状態がいいから期待しちゃった」

がっかりして肩を落とす。

「そんな簡単には見つかりませんよね」

「まぁ、こういう場では探すこと自体を楽しむものだからね」

彼は残念がるわたしを見て笑っている。

「あっ！　でもあっちにある小人の人形もかわいいかも」

彼を置いて目的のものまで走ってしまった。手に取ってかわいさを確かめて振り向くと、知央さんが苦笑しながら近づいてきた。

「どうですか？　ちょっとおとぼけ顔でかわいい」

「いい顔してるな」

しゃがみ込んだ彼が、もう一体の人形も手に取った。

「これと、それ。両方ください」

「え……でも」

「ここでしか買えないものだから、今日の思い出にぴったりだろう」

彼はさっとお金を払うと、わたしの手のひらに二体の男女の小さな人形をのせた。

「かわいいです。ありがとう」

ほっこりする表情の人形。家に帰ったらどこに飾ろうかと今から迷う。

「そんなに喜ぶなら、かたっぱしから買っていこうかな」

いたずらをする少年のような表情を浮かべる彼に笑ってしまう。

「冗談ですよね？　いくら広い部屋でもあふれちゃいます」

お互いに時々顔を見合わせながら歩いていく。目が合うたびにドキドキして楽しくて笑顔になる。

途中でカラフルな綿あめを買ってもらって、少しお行儀が悪いけれど歩きながら食べた。

知央さんの口元に持っていくと、彼は素直に口を開けて食べると「甘い」と顔をゆがめた。その姿が新鮮で思わず胸がキュンとしてしまう。こんな表情にまでときめいて困る。

恋というのは、自分が思っていたよりも日常をどんどん彩《いろどり》とときめきでいっぱいにするものだ。

これまでだって、彼とおでかけしたことは何度もある。

でもその時と今とは気持ちが全然違う。夫婦修業の成果が出てきたのかもしれない。

そんなふうに楽しい気持ちでいっぱいだったわたしたちと、ひとりの女性がすれ違った。

「あれ。もしかして……」

すれ違ったばかりの女性が戻ってきて、知央さんの顔を確認するようにのぞき込んだ。

「あぁ、やっぱり！　知央だ」

嬉々とした表情を浮かべた女性とは違い、知央さんは眉間にぎゅっと皺を寄せて、雰囲気が急に冷たくなった。

「あぁ。久しぶり」

どうやら知り合いではあるようだが、あまり歓迎している様子はない。

その証拠に彼は、何か話したそうにしている女性を放置して、わたしの手を引き歩きだした。

「知央さん、いいの？」

「ん？　今度はあっちを見てみようか？」

絶対に聞こえているはずなのに、何もなかったかのようにしている。

「いえ、あの……」

完全に無視を決め込むつもりのようだが、背後からすぐに女性が追ってきた。

「ひどいじゃない。久しぶりなのに」

「特に用事もないからな」

わたしと話をする時と、彼の声色が違う。なんとなく居心地の悪さを感じて、彼と彼女の顔を交互に見た。

「え、もしかしてこの子が菫ちゃん？」

え……？

初対面のはずなのに名前を呼ばれて驚いた。どうして彼女がわたしの名前を知っているのだろうか。

「気にしなくていい」

彼が短く言って足を速め、わたしはそれについていった。しかしわたしの手を女性がつかんだ。

「あっ……」

「少しだけいいじゃない。ね？」

どうしたらいいのかわからずに、女性と知央さんの顔を見比べてしまう。

「ダメだ、離せ」

彼が女性の手を払いのけた。

「大丈夫か？」

「はい。わたしは」

払いのけられた女性の手が気になり彼女の方を見たが、痛そうな様子は見えずほっとした。

「あら、相変わらずその子だけは特別なのね」

どういう意味だろう。わたしが彼女を見ると、にやにやと笑いながらこちらを見ていた。

「もうわかっていると思うけど、わたし一応知央の元カノ」

「おい」

知央さんが止めようとしたけれど、女性はかまわず話を続けた。

「今更言っても仕方ないけど、一応っていうのはね、まともなデートができたことがなかったから。全部あなたのせいで」

「わ、わたしですか？」

思い当たる節がなくて、驚いてしまう。

「そうよ。クリスマスもバレンタインもその他だって、あなたに会うからってデートできなかったのよ」

たしかにわたしは知央さんとそれらのイベントを過ごしていた。その一方で我慢している人がいるかもしれないと思ったけれど、深く考えていなかった。知央さんがまさかそこまで私を優先しているなんて思ってもいなかったからだ。

姉と婚約するまで知央さんに恋人がいなかったわけではないだろう。彼くらいかっこよければ周囲が放っておくはずない。

でもわたしは妹のようなものだから、時間を作ってくれていたのだと考えていたのに。

「ご、ごめんなさい」

彼女の存在を知らなかったとはいえ、もし自分が今、同じ立場になったらどう思うだろうか？　と考えてしまう。

彼がわたしではなく、他の人をイベントの日に優先したら……。彼がそうすると決めたなら仕方ないと思う反面、心の中では残念に感じるだろう。交際している彼女ならば誰よりも優先してほしいと思うのは普通のことだ。

「謝ってほしいわけじゃないわ。ただもし一度会えたら、嫌味のひとつくらい言ってやろうって思ってただけ。すっきりしたわ」

「え、はい」

女性は言葉通り、晴れやかな顔をしているように感じた。

「もういいだろう」

女性とわたしの間に、知央さんが立った。不機嫌そうな態度を隠そうともしていない。

「あらあら、ナイトににらまれちゃった」

女性は肩をすくめながら、笑みを浮かべた。

「邪魔してごめんなさいね。でもすっきりしたわ。長年のわだかまりが解けて」

「いいえ……」

知らなかったとはいえ、わたしの存在が彼女を傷つけたのは間違いない。何か気の利いたセリフを言うべきなのかもしれないが、間違えて失礼なことを言ってはいけないと思い口をつぐんだ。

わたしが首を左右に振るだけにとどめると、女性はブーツのヒール音を高らかに鳴らしながら意気揚々と去っていった。

一瞬で吹き荒れた、嵐のような出来事だった。

「菫、すまない」

知央さんは申し訳なさそうに私に頭を下げた。

「いいえ。あの、さっきの女性が言っていたことって本当ですか？」

「あぁ、概ね間違っていない。だが菫が申し訳なく思うことも、謝罪する必要もない。私が勝手に菫を優先していただけだから」

彼の口からはっきり聞いて、真実だったのだと確信する。

「どうしてですか？　彼女さんだったんですよね」

そういったイベントは、恋人にとって大切なもののはずだ。ずっと彼氏がいなかったわたしでも知っている。

「どうして……か」

彼は少し考えてから答えた。

「優先順位が菫の方が上だったからだろうな。無意識にそうしていたんだと思う。私にとって、ずっと特別な子だったんだ、菫は」

「そんな、わたしが？」

彼の言葉が信じられなくて尋ねる。

「今のように女性として見ていない時でも、私にとってはそうだったんだ。会って喜ばせたいと思った相手が菫だった。それだけのことだ。ただそれが気持ち悪いと思われたりすると、ちょっと落ち込むな」

苦笑いを浮かべて、彼がわたしの様子をうかがっている。

「わたしにとってうれしいことなのに、気持ち悪いなんて思うはずないです」

彼女よりも大切にされていたなんて、喜ばずにいられるだろうか。もちろん先ほどの女性に申し訳ないと思う気持ちもあるけれど、今は単純にうれしい。

「菫」

彼がいきなりわたしを抱きしめた。

「知央さんっ！」

往来の激しい広場の真ん中だ。彼の背中越しに周囲の人の視線が刺さる。

「みんなが見てます」

わたしは必死になって彼から離れようとする。

「そんなのはどうでもいい」

「よくないと思います」

「もう少しだけだから」

ぎゅっとわたしを抱きしめる腕に力がこもる。

彼の強い思いが伝わってくる。恥ずかしいけれどうれしい。わたしは彼の胸に顔をうずめて周囲の視線から隠れながら彼に抱きしめられ続けた。

「菫、ふたりきりになりたい」

聞いたことのない彼の切ない声が耳に響く。

「わたしも……同じ気持ちです」

胸がいっぱいで、それだけ言うのが精一杯だった。

マンションまで距離はないのに、まだ到着しないのかともどかしい気持ちになった。彼も同じ気持ちなのか、いつもよりも歩くのが早い気がした。

しっかりと繋がれた手が熱い。

マンションのエントランスでコンシェルジュに「おかえりなさいませ」と言われても、わたしたちは反応すらできずに一目散にエレベーターに向かった。

すぐに乗り込んで扉が閉まった。そこでお互いの視線が絡み合う。それだけで体温が急激に上昇しているのを感じた。

ずっと見つめ合っていたのに、彼がすっと視線を外した。どうしたのかと思って知央さんを見つめていると、彼が口元に手を当てて照れた様子を見せた。

「ダメだ。誘惑しないでくれ、もう少しだから」

そんなつもりはなかったのに、いったいわたしはどんな顔をしていたのだろうか。

恥ずかしくなってうつむいた。それと同時にエレベーターが到着して扉が開く。

彼はすぐに鍵を開けると、わたしを室内に引き込んだ。

「あっ……ん」

目をつむる暇すらなかった。すぐに唇がふさがれて、後頭部に添えられた彼の大きな手のひらがわたしを上向かせると、より深いキスでわたしをとろけさせる。

熱い唇が火をつけたかのように、体の奥が熱をもつ。

お互いの舌が絡み合う音が玄関に響いた。

うまく息継ぎができずに苦しくなる。呼吸が乱れて体に力が入らなくなったわたしの体を彼が抱き上げた。

履《は》いていたバレエシューズが足から転げ落ちる。片方は彼が煩わしそうに脱がし、まっすぐに寝室へ向かった。

まだ日も高く室内は明るかった。

彼はわたしを優しくベッドに運んだ。

正直足に力が入らないから、抱いて運んでくれて助かった。

彼の真剣なまなざしを受け止める。

「菫。私は今から君を抱こうとしている。もし嫌なら——」

わたしは彼の言葉を途中で遮り、自ら知央さんの頬にキスをした。

「そんなこと、聞かないでください。わたしの気持ちは先日伝えたはずです」

酔っていたけれど、記憶にはちゃんと残っている。

あの日とわたしの気持ちは変わっていない。

いやむしろ彼に対する気持ちは日に日に強くなっている。

ベッドに座っているわたしの目の前に彼が膝をついて座る。

そしてわたしの手を取り指先にキスを落とした。

「これまでずっと大切にしていた菫とこんなことをするなんて、なんだか悪いことをしている気分だ」

キスをしながら上目遣いでわたしを見てくる。

その大人の色気に満ちた目で見つめられ心拍数があがる。

「わ、わたしがいいって言ってるんですから。悪いことなんかじゃないです」

わたしだって彼のものになりたい。

遠まわしだけどそう伝えたつもりだ。

「わかった。誰にとがめられたとしても、甘んじて受け入れる。菫の初めてを手に入れられる幸せに代えられるものはないから」

「あっ」

彼はわたしから視線を外さずに、人差し指を口に含んだ。生暖かさに体がゾクリと震えた。

指へのキスを終えると、彼がわたしの手を自分の頬に当てた。

「きっと情けないほど緩んでるだろうな、私の顔は」

わたしをじっと見つめる。

「そんなことないです。すごくかっこいい」

そう告げると彼はうれしそうにほほ笑んでから、体を起こしわたしをそっとベッドに寝かせた。

「嫌だったり、怖かったりしたら言って」

「はい」

さっきから平気だと言っているにも関わらず、こうやって気にかけてくれる。そういう彼だからわたしの初めても、これからの未来も託せるのだ。

きっと彼以外好きにならない。一生にひとりだけのわたしの恋人で夫になる人。

彼のキスが唇に落ちてきた。それが甘い時間のはじまりの合図だった。

第五章　ただ守りたいだけ

わたしはいつも出勤後、業務開始時間までに軽くオフィスを掃除する。

基本的には清掃業者が綺麗にしてくれるけれど、自分たちの使うところくらいは自分で整えておきたいと思い、毎日行っている。

コネ入社なので、小さな仕事をおろそかにしないのも大事だ。一緒に働いている人に嫌な印象を与えないように気を付けている。

社長の娘が一緒に働いているというだけで、周囲に気を使わせているのだから、そのくらいの姿勢は見せるべきだ。幸い、いい人たちに囲まれて本当に親切にしてもらっているけど、それに甘えるわけにはいかない。

打ち合わせ用のデスクを拭きながら、ここ最近のことを考える。

彼と深く結ばれて、ずいぶん恋人らしくなれたとは思う。

毎日繰り返されるキスにときめきを覚え、彼の腕で眠る日々は甘く幸せだった。

しかし婚約者としてはどうだろうか。

食事の準備や簡単な片付け、彼の身の回りのお世話は案外楽しい。

忙しい彼ではあるけれど常に態度と言葉で感謝を示してくれている。

わたしたちが普通の夫婦であれば、うまくいっているという判断になるだろう。

けれどわたしの両親や霧島のお義母様が求めているのは、おそらくそういうものではない。

霧島不動産社長、霧島知央の隣に立つにふさわしい女性になれるのかどうかということを知りたいのだ。

それがなかなかハードルが高い。

どこがゴールなのかわかりづらいというのもあるが、知央さん自身がわたしに強くそれを求めていないということもまたネックだった。

その証拠に、お義母様と会うチャンスをまったく作ってくれない。

以前介護施設でお会いした日のことも、誤解のないようにちゃんと話をしたつもりだけれど、彼はわたしが気を使って嘘を言っていると思っているらしく半信半疑だ。

霧島家の一員になるなら、先輩であるお義母様に話を伺うのが一番いいと思ったのに。

知央さんが『菫らしくいてくれればいい』と言ってくれてもこうもこだわるのは、この結婚がそもそも霧島家と宮之浦家の約束を元にしているからだ。

わたしと知央さんが結ばれたのは、家同士の結びつきがあったから。もともと彼が結婚するはずだったのは姉だ。

『やっぱり姉の方がよかった』と、誰にもそう思われたくなくて、成長を焦ってしまう。

彼がわたしに向けてくれる気持ちを疑っているわけではない。婚約者に対する愛情をしっかりと感じる。

でも……それはあくまで、わたしが彼の婚約者という立場だからこそ得られるものだ。

彼は大人だから婚約者への義務も世間体を考慮することも心得ているに違いない。

わたしは知央さんをひとりの男性として好きだから、同じ気持ちを返してもらいたいと思ってしまう。

でも時々もしかして……彼は本当はわたしのことがそれほど好きではないのかもしれないと思うことがある。はっきりと言葉をもらったわけではない。勘違いをしてしまったら、その後、傷つくのはわたしだ。

今の彼がわたしにくれる愛情は、これまでの妹ポジションの時と変わらない……自信のないわたしにはそうとしか思えなかった。

大切にされているのに……こんなことで悩むなんて贅沢すぎる。

女性として愛されていなくてもせめて、宮之浦の娘として彼の婚約者の役目は果たしたい。わたしに努力できるのはそのくらいだから。

彼のわたしに対する気持ちが、本当の意味での恋愛感情とは少し違うものだったとしても、わたしが彼の妻として恥じない人物であれば隣にいることはできる。

これまで両親の言う通りに生きることが、親孝行だと思っていた。でもそれは冒険しなかった自分への言い訳にすぎないのだと思う。

たとえ失敗したとしても自分で選んだ道だったなら、もっと自信が持てたかもしれない。

与えられた環境で努力はしたつもりだが、姉のように、反対されても自身の道を貫くことをしてこなかったつけが今、回ってきたのだ。

後悔しても仕方がないというのは理解しているけれど、知央さんのことを好きになればなるほど認められたいという思いが強くなっていく。

とはいえ、何から手を付けるかわからないのだけれど……、とりあえず仕事をしっかりしようと、思考を現実に戻し掃除を終わらせて自分の席に戻る。

今のわたしは幸せだけれど、悩むことも多い。

仕事をはじめる前にスマートフォンを確認すると、大学の同級生である美沙《みさ》から連絡が入っていた。

【久しぶりにみんなで集まらない？】

そんな気軽なメッセージとともに日時と場所が記載してあった。

ここ最近、お姉ちゃんの失踪やわたしと知央さんの夫婦修業がはじまったこと。それがやっとうまくいきはじめたことなど、人生がジェットコースターのようにすごいスピードで進んでいる。納得はしているけれどいろいろと悩みは尽きない。

こういう時は友達に会って気分転換するのもいいかもしれない。他の人と話をすれば違う考えが浮かぶ可能性だってある。

知央さんと共有しているスケジュールアプリを立ち上げ確認すると、その日は彼も接待があるようで帰りが遅い。

わたしはアプリに飲み会と記載し時間と場所も入力して閉じ、そのまま美沙に出席の連絡をした。

連絡がきてから十日後。十一月になり日中は過ごしやすいが、朝晩はめっきり寒くなった。

こういう時季は何を着ていいのか毎年悩む。

わたしはワンピースの上に厚手のざっくりしたニットカーディガンを羽織り、待ち合わせ場所である創作居酒屋に向かう。

大学の時もよく利用していたなつかしい場所だ。

アジアンテイストの店内。中二階にあるいつもの席を予約してあると聞いていたのでそのまま向かう。

すでに友人ふたり、美沙と加奈子《かなこ》は座っていてこちらに手を振っている。

「菫ー！　久しぶり。髪伸びたね」

「そうかな、ふたりとも元気そうだね」

しばらく会っていなかったのに、学生の時と変わらないやり取りがはじまってほっとする。

「あれ、他に誰か来るの？」

テーブルにはわたしたちのもの以外のカトラリーがセッティングされていた。

「あ～実はわたしの彼氏とその友達が一緒に飲みたいって言ってて、後で合流することになったの」

美沙の言葉に驚いた。

「え、聞いてないよ」

「ごめん」

美沙が手を合わせて謝っている。

「ふたりに彼氏を紹介したかったのと、彼氏の友達が誰か紹介してって言うから」

これはつまり、いわゆる合コンというものだ。

「なるほどね」

加奈子はまんざらでもないようだけれど、わたしは困ったなと思う。

「え、やっぱり嫌だった？」

美沙はすぐに気が付いたようだ。

「嫌っていうわけじゃないんだけど」

「とりあえず座りなよ」

加奈子に言われて、椅子《いす》に座りながら自分の状況を伝えた。

「実はわたし、結婚する予定なの」

「ええええええ！」

ふたりとも目を真ん丸にして驚いている。

それも仕方のないことだ。学生時代ずっと彼氏がいなかったわたしが急に結婚だなんて、びっくりするのも無理はない。

「で、相手は？　お見合い？　恋愛結婚ならご両親反対しているんじゃないの？」

我が家の事情をわかっているふたりの質問攻めにあう。

「相手は……霧島さんなの」

初めて知央さんのことを自分のパートナーなのだと話す。

なんとなく気恥ずかしくて、うつむいた。

「あぁ、そっか。それなら納得」

顔をあげたら美沙も加奈子もうんうんと頷いていた。

もっと驚くと思っていたのに、意外な反応だ。

「納得……なの？」

当事者であるわたしは、釣り合っていないことに悩んでいるのに、ふたりの言葉に驚く。

「それはそうでしょ。あれだけずっと霧島さんって連呼してたんだから。むしろ彼じゃない方が驚いたわ」

「それに向こうだって、特別じゃなければ十五も年下の子をあんな大切にしないと思うけど」

ふたりとも妙に納得している。大学時代、彼女たちは何度か霧島さんと会っている。そのうえわたしも彼の話は嫌っていうほどしていた。

「そう、なのかな?」

「そうだよ、絶対!」

ふたりが力強く答えてくれて、うれしくなった。

「でも別に、結婚するからって、男子と飲み会に参加したらいけないって決まりはないし」

「うん。そうだよね」

たしかに加奈子の言う通りだ。

決まった相手がいるわたしにとっては、合コンなどではなく美沙の彼とその友達と食事をするだけだ。深い意味はない。

「せっかく会えたのに来たばっかりで帰っちゃうなんてさみしいよ。この際男どもはいないものとして、楽しもうよ」

暴論だけど、わたしもふたりに会うのを楽しみにしていた。

美沙もよかれと思って彼氏とその友人をこの場に連れてくることにしたのだから、目くじらをたてるほどのことでもない。

「わたしも美沙の彼氏、見ておきたいな」

学生の時のように、毎日顔を合わせるわけではない。次会えるのはいつになるだろうか。こんなに早く帰ってしまったらもったいない。

「そうだよ。この機会を逃したらなかなか会えないよ……っていうか実は彼氏同じ大学の人なんだけどね」

加奈子と同じくわたしも驚いた。美沙から学内にいい感じの人がいたなんて話は聞いたことがなかったからだ。

「えーそうなんだ。びっくり」

「サークルが一緒だったの。卒業してからつき合い出したから」

「なるほどね～」

話をはじめると話題が尽きない。

男性が来ることはちょっとひっかかるけれど、別にわたしと何かあるなんてことは天地がひっくり返ってもないだろう。

二十三歳の今までまったくもてなかったのに、今更心配するようなこともないという結論に自分の中で至って、会話を楽しむことにした。

気持ちを切り替えて、ふたりと話をしていると、男性三人が席にやってきた。

「美沙！」

「あ、来た来た。こちらがわたしの彼氏でーす」

少々テンション高く紹介された彼は少し照れ臭そうにしている。けれども雰囲気が美沙にぴったり合っていて、お似合いのように思えた。

わたしと知央さんもああいうふうに見えているといいなぁ。

そんなふうに考えてから、彼の背後にいる男性に目がいく。そしてそのうちのひとりを見て驚いた。

「き、君は……」

「あ……」

美沙の彼氏の友人のうちひとりは、わたしも知っている人だった。

以前わたしに告白してきた人、豊田《とよた》くんだ。

ただ返事をする前に告白自体なかったことにされたので、その後はほとんど関わり合ったことはない。

ふたりの間に気まずい雰囲気が流れる。

「あれ。ふたり知り合い？」

加奈子が気付いたようで、どう説明したらいいのか迷う。

しかし豊田くんが「実は昔振られて」と明るく言ってくれたおかげで、変な空気にならずに済んだ。

実際には振る振らないレベルの話でもなかったのだけれど。

「なになに、初耳だけど。その話聞きたい」

興味津々の美沙の視線が痛い。

たしかに、彼に告白された話は知央さん以外にはしていないので、知らなくて当然だ。

「いやぁ、俺のあまずっぱい青春の一ページだから内緒にしていていい？」

「そっかぁ、そうだよね」

彼の言い方に周囲が声をあげて笑った。

場を和ますのがとても上手なようで助かった。

「じゃあ、さっそく乾杯しよう」

美沙の彼氏が声をかけると、女性陣が三人並んでいる前に男性陣がそれぞれ座った。

久しぶりの友達との飲み会は楽しく、時間はあっという間に過ぎていった。豊田くんが気を使ってくれたおかげで、一切気まずい思いもしないで済んだ。

さすが美沙の彼氏の友人、いい人そうだ。

ふとほんの一瞬だけ、もし彼に告白された時にすぐにＯＫしていておつき合いをしたとしたら、どんな感じだっただろうかと想像した。

でも頭の中に浮かんでくるのは、知央さんの顔ばかり。結果他の人のことは想像すらできないくらい彼が好きだと思い知った。

食事もお酒も進み楽しい時間を過ごしていたが、みんなが二次会に行くタイミングでわたしは帰ることにした。

なんとなく彼が恋しくなったのだ。

彼と過ごせる貴重な週末、少しでも早く帰って一緒にいたい。予定では彼もそろそろ帰ってきているはずだ。

知央さんに今から帰るというメッセージを送り、駅に向かう。

熱を持った頬にあたる風が心地よい。楽しかった余韻を噛みしめながら、駅へと向かう。

しかしその途中で「宮之浦さん」と呼び止められた。

振り返った先には豊田くんがいた。

「あれ？　豊田くんは二次会に行かないの？」

「いや、宮之浦さんひとりじゃ危ないと思って。駅まで送ってあげる」

「そんな、大丈夫だから戻っていいよ」

駅までそんなに距離があるわけでもなく、時間もまだ早い。

しかしわたしの言葉に彼はもの言いたげに一瞬押し黙った。

「いや、危ないっていうのもそうだけど、実はもう少し話をしたかったっていうか……」

「え？　あぁ、また飲み会しましょうね」

たしかに話は盛り上がって楽しかった。時間が足りないと思ったのかもしれない。

でもそれならなおさら二次会を優先させればいいのに。

「いや、そうじゃなくて。次はふたりで会えないかな？」

「え……」

一瞬彼が何を言っているか理解できなかった。わたしの困惑が彼に伝わったようで
わたしが何か言い出す前に、彼は早口で意図を説明しはじめた。

「実は、大学の時に告白した後、君の知り合いだっていう年上のすごいイケメンが学内で話しかけてきて、君が菫を幸せにできるというのなら、その根拠を聞かせてくれって迫られてさ」

「なんの話なの？」

今まで知らなかった真実に驚く。

「問い詰められてちゃんと答えられなくて、告白自体を撤回《てっかい》したんだけど、今日やっぱりかわいいなと思って」

恥ずかしそうに視線を外した豊田くんだったが、わたしはその〝年上のすごいイケメン〟が気になる。

「その人の名前ってわかる？」

「え、いやぁ、名刺をもらったはずなんだけど、イケメンで物腰は柔らかいんだけどなんだかすごい迫力でさ。あれ、誰なの？　宮之浦さんってお兄さんいたっけ？」

思い当たる人はひとりしかいないが、確信が持てない。

たしかに豊田くんに告白されたことを相談はしたけれど……会いに行ったの？

「どんな雰囲気の人だったか覚えてる？」

「えーそうだな。あぁ、あのくらい背が高くて男の俺から見てもかっこいい……って、本物？」

わたしの背後を指差していた彼が目を見開いて驚いている。

視線の先を見ると、こちらに向かって歩いてきている知央さんがいた。

彼は周囲の人が彼に注目するのも気にせずまっすぐに悠々と歩いてきている。

その様子をわたしと豊田くんは、驚いたまま黙って見ていた。

「菫、迎えに来たよ」

わたしの目の前にやってきた彼に、ぐいっと肩を引き寄せられて体が密着する。

「と、知央さん?」

街中、しかも知人の前だ。少し距離をとってほしい。体を離そうとするけれど、彼の手に力がこもっていて逆にもっと密着した。

「離れちゃダメだろう。酔っているのかい?」

やたら距離が近くて恥ずかしくなる。

その時知央さんが、初めて気が付いたかのように豊田くんを見た。

「君とはどこかで会ったかな?」

「え、はい。宮之浦さんが大学生の時に――」

硬い声色でおびえた様子の豊田くんが答えた。

「そうだったかな、記憶になくてすまない。今日は妻がお世話になった。ありがとう」

「つ、妻?」

驚いた豊田くんが声をあげ、驚愕《きょうがく》の表情でこちらを見ている。

わたしも自分の置かれている状況をちゃんと説明していなかったので、彼が驚くのも無理もないのだけれど。

「ダメじゃないか、菫。ちゃんと自分が人妻だって伝えておかないと」

「いえ、あの。まだ籍を入れていないので」

「そんな細かいことを気にする必要はないだろう。菫は私と結婚するんだから」

入籍は決して細かいことではない気がする。そもそも入籍どころか、両親のＯＫも出ていない。そしてまだわたし自身が知央さんの婚約者としての自分を認められていないのだ。それなのに、〝妻〟だなんて言いにくい。

「籍なんて形式にこだわるなんて――」

彼はそこまで言うと、急に声をひそめて、わたしに耳打ちした。

「あんなこともこんなこともしているのにな」

なぜだかすごく甘い雰囲気を出してくる。人前でそんなことをされると対処に困ってしまう。

「知央さんっ！」

突然何を言い出すのかと慌てる。豊田くんを見たら顔を真っ赤にして手で口元を覆っていた。

男性にまで彼のフェロモンの効力があるなんて。

でも知人にこんなやりとりを見られて恥ずかしい。

「とにかく今日はもう帰ろう。週末はふたりでゆっくり過ごす約束だろう」

彼はわたしにほほ笑みかけると、豊田くんを見た。

「では、失礼するよ」

知央さんはわたしの手を引いて歩きだした。

わたしは振り返って、その場に立つ豊田くんに頭を下げて、どんどん先を歩く知央さんに引きずられていく。

彼の車は近くのパーキングに止めてあった。

「菫」

「はい、知央さん」

あの後、口を開かなかった彼が車に乗ってふたりっきりになった瞬間、わたしの名前を呼んだ。

「今日は楽しかったかい?」

「え、はい」

返事はしたものの違和感を覚えた。

何かいつもと違う。

彼がさっきから一度もわたしの方を見ないのだ。

「知央さんあの……迎えに来てくれてありがとうございます」

少し変に思いながら、彼に礼を言う。

「あぁ、そのくらいは当たり前だよ。大切な菫のためなら」

言葉は優しいのに、どうしてだかやっぱりこちらを見てくれない。いつもなら優しい笑顔を向けてくれるのに。

運転中ならこちらを見ないのもわかるけれど、まだ走り出してもいない。

不安になって何か言おうとしたけれど、エンジンがかかり車がパーキングを出た。

結局わたしは運転の邪魔をしてはいけないと口をきかず違和感を抱えたまま、自宅へと戻ることになった。

車を止めて、ふたりで部屋に向かう。その間もいつもと変わらずに手は繋いだままだけれど、無言が続く。

いつもならこういう時間も居心地悪いとは思わないのに、今日は彼から発せられる空気がいつもと違うせいでそわそわしてしまう。

部屋の中に入っても彼はわたしの手を離さない。そのままリビングまで連れていかれ、わたしを後ろから抱きしめてソファに座った。

「あ、ごめんなさい」

自然と彼の膝の上に座る形になってしまい、慌てて下りようとするが、腰に回された彼の手がそれを許してくれない。

「離したくないから、このままで」

「はい」

いつもよりも硬い声にわたしは少し緊張した。

何よりも背後にいる彼の表情が確認できないことに不安になる。

「どうして今日、男性がいるって教えてくれなかったんだ」

珍しくわたしを責めるような言い方に、彼が怒っているのがわかる。

「あの、それは――」

「さっき一緒にいた男は、間違いなく菫を狙っていた」

ふたりで会いたいと言われたので、否定はできない。

どういう言葉を使えば、ただの飲み会だったと伝わるだろうか。

彼が目撃したシーンがあまりよくなかったせいで、誤解が生じてしまっている。

「菫は私の婚約者としての自覚はある？」

「それは……」

ここのところずっと悩んでいたことをずばり言われて言葉に詰まる。

彼のわたしを思う優しい気持ちを疑ったことはない。わたしが彼を好きなことも間違いない。

ただ、霧島知央の婚約者としてふるまおうと思っているけれど、実際にはできていない。

自信をもってそう思えるように努力しているところだ。

うつむいて返事を考え込んでしまう。

「菫」

名前を呼ばれて顔をあげた瞬間、彼がわたしの顎を持ち振り向かせ唇を奪う。

「んっ……と、とも、ひろさん」

いきなりのことで驚いて、身をよじって距離をとろうとする。

「拒むのか？」

わたしは首を振って否定する。

「そうじゃないです。びっくりしたけで」

「じゃあ、こっちを向きなさい」

普段はめったに使わない命令口調に素直に従う。

彼の情熱的な目がわたしを射抜く。

少し怖いような、でも、その目の中の欲望にのまれたくなってしまう。

「自覚がないなら、教えてあげる。私の妻になる人は君だって」

彼がわたしの首筋に舌を這わせた。わたしの意思に反してビクッと揺れた体は大きくのけぞった。それを彼がしっかりと支えて、わたしを半回転させるとソファの背もたれにしがみつかせた。

背後からのしかかってくる体温。耳に舌をぬるりと這わされたわたしは「あぁ」と吐息交じりの熱のこもった声を漏らしてしまう。

彼がわたしの耳元で笑ったのがわかり、羞恥心を煽《あお》られて体が熱くなった。

手の甲を唇に当ててこれ以上声が漏れないようにする。

しかし彼はそれが気に入らないのか、わたしに声をあげさせようと躍起《やっき》になった。

「ダメだよ。もっとかわいい声が聴きたい」

耳元でささやきながら舌を使って耳朶《じだ》や中を責め立てる。甘い刺激が脳内を麻痺させていく。

「ほら私しか知らない菫の声を聞かせるんだ」

「ダメぇ……」

思わず首を振って声をあげた瞬間、彼が笑った。

「いい、それでいい。何も隠さない全部さらけ出した菫が見たい。他の誰も知らない、私だけの菫」

強い独占欲を感じさせる彼の声を耳から注ぎ込まれて、わたしの理性はどんどん失われていった。

ワンピースのスカートをまくって、彼の大きな手のひらがわたしの足を撫でる。それだけで体の芯が熱くなるのを感じた。

「たくさんかわいがってあげる。菫のいいところを知っているのは、夫である私だから」

手のひらと唇と言葉でわたしの体に火をつけていく。

気が付けばワンピースのファスナーが外されて背中があらわになっていた。

下着を中途半端に外され浮いた肌との隙間に彼のいたずらな手が忍び込む。

「んっ……あぁ」

彼が聞きたいと言っても、どうしても声を我慢してしまう。

しかし彼は不満なようだ。

「まだ我慢できる程度の理性は残っているんだね。まぁ、それもすぐにどうでもよくなるよ」

彼の宣言通り、次の瞬間からどうしようもない快感に支配されてしまう。

彼がわたしの顎《あご》を優しくつかみ後ろを向かせる。それを出迎えたのは彼の激しいキスだ。

「ん……はぁ」

どうしたって彼に逆らえない。あえぐような呼吸をしようとすると、彼の舌が執拗《しつよう》に追いかけてきてそれを許さない。

彼に与えられる熱で、トロトロに溶かされていく。

「こんなに菫を大切にしているのに、自覚がないなんて本当に心配だ。でも大丈夫だ。私がこうやって毎日、刻み付けるから、心と体に」

彼の手のひらが全身くまなく滑り、わたしの快感を引き出していく。

好きな人に愛された体は、素直すぎるくらいに反応する。

最後にはトロトロに溶かされて何も考えられなくなる。

「かわいい菫。私はもう君を離すつもりはないから、あきらめてくれ」

「わたしも知央さんのそばに……いたい」

これはまぎれもないわたしの素直な気持ちだ。

霧島も宮之浦も関係ない。わたしが知央さんに向けた純粋な気持ち。

「ありがとう……菫」

優しい声色が耳元で響く。安心したわたしの体に背後から大きな衝撃が走る。

目の前でちかちかと何かがはじけた。体がぶるりと震えて自分で支えられなくなる。

「ごめん、今日は手加減できそうにない。もう少しだけつき合って」

切なげな彼の声を聞いてわたしは頷くことしかできなかった。

その激しさに翻弄されて。


翌朝、目を開けるとそこにはわたしを見つめる知央さんの姿があった。

瞬時に昨日の激しいあれこれが思い出されて、思わず布団を引き上げて中に隠れる。

そこで自分の体のあちこちに、赤い鬱血《うっけつ》跡があるのに気が付いた。

「え、何これっ!?」

隠れていたのも忘れて思わず体を起こして、自分の体を確認する。

「どうして、こんな……?」

痛くもかゆくもない。

ただそのおびただしい数に驚いた。

「あぁ、綺麗についてるな。キスマーク」

「キ、キスマーク？」

驚いて声をあげる。

だってわたしの知っている漫画なんかで見るキスマークは、もっと薄いピンクがひとつちょこっとついているようなイメージだ。それなのに、わたしの体にあるのはちょっと驚くくらいの数、くっきりと……まさにマーキングだ。

「菫があまりに自覚ないから、こうやって覚えさせておこうと思って。すぐに薄くなるといけないから、ちょっと濃いめで数も多くしておいた」

美丈夫の極上の笑み。甘いそれに見とれてしまいそうになったが、これはちょっとやりすぎのような気がする。

「こんな、誰かに見られたら恥ずかしくてたまりません」

「私以外の誰に見せるって言うんだ？」

剣呑《けんのん》な雰囲気を醸《かも》し出す彼。でもわたしは負けずに抗議を続ける。

「見せるっていうか、ふいに見られたりした時に気まずいじゃないですか？」

わたしは彼に必死になって抗議した。

「愛されてる証拠だから、堂々としていればいいさ。それとも、毎日上書きするならもう少し薄くてもいいかもな」

ま、毎日。昨日のような時間を毎日過ごすのは、体力が持ちそうにない。

「できれば、知央さんしか見えないところにしてください」

恥ずかしくて譲歩できるのはここまでだ。

「なるほど、例えば――」

彼がわたしの胸元に顔をうずめ、わたしの肌を強く吸い上げた。

「あっ……んっ」

抵抗する暇もなく、彼にされるがままだ。さっきまでかろうじて何もなかったところに、彼の所有の印が、また刻まれた。

「ここならいい？」

彼はさっきつけたばかりのキスマークを確かめるかのように舌でくすぐる。

「そこなら……いいですけど」

「そう？　じゃあおまけでもうひとつつけておこう」

「えっ⁉」

びっくりしたせいで、またもや抵抗が遅れる。その結果、もうひとつ赤いキスマークが胸に咲いた。

「も、もう！　本当に、今日は終わりにしてください」

わたしは慌てて、布団の中に潜り込んで彼の手から避難《ひなん》する。

「ははは、わかったよ。〝今日は〟もう終わりにする。菫に嫌われたくないからな」

楽しそうに笑っている彼を、布団の中からちらりと見る。

「私はどうやらずいぶん嫉妬《しっと》深い夫になりそうだよ」

彼は優しくほほ笑むと、かろうじて出ているわたしの目元にキスを落とした。

ときめきで満たされた甘い朝。

でも今日はこれだけでは終わらなかったのだ。


「あの、知央さん？」

「ん、なんだい？」

にっこりと神々《こうごう》しい笑顔を浮かべる彼に、抱きかかえられたわたしは、今とても焦っている。

「ひとりでできますから」

わたしをバスルームまで連れてきて、洗面台に座らせると彼はガウンの紐をほどこうとしていた。はっきりと断っても、本人にはまったく響いていないらしくどこ吹く風だ。

「待って」

「待たない。ひとりでできることをふたりでするのが、夫婦ってものだろ？」

「……本当ですか？　最近知央さん〝夫婦〟って言葉を都合よく使ってないですか？」

わたしはちょっと疑心暗鬼《ぎしんあんき》になりつつある。

「そんなことないさ。少なくとも私にとっては、夫婦ってこういうものだから」

それを言われてしまうと、受け入れるしかない。わたしの夫は彼だけなのだから。

「う～わかりました」

本当にしぶしぶ了承する。

「そもそも、菫は今歩けないだろう。私がいないとお風呂も入れないじゃないか」

「それは……そうなんですけど」

先ほどシャワーを浴びようとベッドから出て立ち上がろうとした。ところが、床に足をつき力を入れたはずなのに、膝からカクンと崩れ落ちたのだ。どうやら昨日の夜に体力を使いきってしまったらしい。

「私の責任でもあるから、今は菫のお世話をさせてほしい」

「……はい」

申し訳なさそうに言われると、言うことを聞いてしまう。

結局すぐに彼に丸め込まれてしまった。

「いい子だ」

彼はそう言いながら、ついにわたしのガウンの紐をほどいた。はらりとガウンがはだけ肌があらわになる。

「やだ」

慌てて掻き合わせようとしたが、彼の手がそれを阻んだ。

「風呂に入るのに、邪魔なだけだろ」

「それはそうだけど……やっぱり明るいところで見られるのは恥ずかしいの」

脱がそうとする彼と、抵抗するわたし。しかしここでもやっぱり彼の方が一枚上手《うわて》だった。

「わかった。見えなければいいなら私とくっついていればいい。こうやって――」

彼はわたしを真正面から抱きしめると、ガウンを肩から落とした。洗面台にガウンが落ちたと同時に彼がわたしをそのまま抱き上げた。

「こうやってくっついていれば見えないだろう」

ガウンがわたしの手元から離れてしまった今、もう彼に抱きしめられるしか体を隠す方法がなくなった。

「こ、こんなやり方。ちょっと卑怯《ひきょう》です」

「心外だな。いつまでもぐずぐずしている菫が悪い」

彼はバスルームの扉を開けると、有無《うむ》を言わさずわたしを中に連れ込んだ。

湯気がこもる中、わたしは知央さんに背後から抱きしめられる体勢でバスタブに浸かっていた。

この体勢が一番体を隠せる……とはいえ、背中は彼の体に密着していて本当にこの判断が正しいのかわからない。体にはたくさんの彼からの所有印が刻まれており、それを見ているとなんだか恥ずかしくなってしまう。

でも嫌だとは思わないのは、心のどこかで〝彼のもの〟だというこの印を喜んでいるからだ。

「静かだけど、どうかした?」

黙り込んでいるわたしを心配した彼が、顔をのぞき込んできた。

「これ……どのくらいで消えるのかな？」

何気ない疑問だった。なにしろキスマークを付けられること自体が初めての経験で単純に知りたかっただけだったのだが、彼を誤解させてしまったようだ。

「菫が私のものだっていう印だから消させない。薄くなったら上書きするから」

言いながら知央さんは、わたしの肩口にキスをした。

「ち、違うんです」

少し疑問に思っただけだったのに、嫌がっていると思われてしまった。

「何が違うんだ？　こうやって毎日上書きしていれば消えない」

「こんなことしなくったって、大丈夫なのに」

わたしにずっと彼氏がいなかったことは、知央さんだってよく知っているはずだ。だから心配なんて無用なのに。

「菫は危機感がなさすぎるんだ。昨日だってあの男、私が行かなければ菫をデートに誘っていただろう」

背後から回された手に力がこもる。

「私がこんなに独占欲をぶつけるくらい、菫は魅力的なんだって自覚をもって」

「……は、はい」

こんなふうに言ってくれるのは、きっと彼だけだ。

そしてわたしがこんなふうに思ってほしいのも彼だけだ。

「いい子だ。ほら、こっちを向いて」

彼はわたしの顎をつかみ、優しく後ろを向かせた。そしてそのまま、ついばむようなキスをした。

「本当は年上ぶって余裕をもっていたいんだ。だけど菫のこととなるとそれができなくなる。こんな情けない私を見せたくなかったんだが」

少し困ったような表情に、胸がキュンとなった。

「全然情けなくなんかないですよ。わたし、今すごくうれしいです」

「菫……」

少しの間見つめ合って、その後唇を交わす。ドキドキで胸が音をたてる。甘い感情が体を満たしていく。

視線を絡ませて、どちらからともなく笑顔になる。すごく穏やかで幸せな時間。たしかにこれは夫婦修業中のわたしたちにとって大切な時間だ。

「さて、先に出て朝食の用意をしておくから、菫はゆっくりして」

彼は体を洗うと、バスルームを出ようとした。

その時ふと思い出したのだ。豊田くんが言っていたことを。

「あの……知央さん、昨日わたしと一緒にいた男性に会ったのって、初めてじゃないですよね」

「ん？」

笑みを浮かべる彼は、はいともいいえともつかない返事をする。

「彼が知央さんに会ったことがあるって言っていました」

知央さんにとっては本当に些細《ささい》なことで覚えていないのかもしれない。

「わたしが大学生の時に、彼に会っていませんか？」

「さぁ、どうだったかな。昔のことで記憶にないな」

「そうなんですね……」

覚えていないならこれ以上聞いても仕方がない。

「実は昔わたしに以前告白してくれた人で――」

「聞きたくない」

「えっ？」

遮られて驚いた。

「菫の口から他の男の話が出てくるだけでやきもちをやいてしまいそうだ。もっとも、董が今日一日ベッドにいたいって言うなら、いくらでも私を煽ればいい」

「う……一日中はちょっと」

そんな生活をしていたら、彼以外のことがどうでもよくなってしまいそうで怖い。

「わかった。夜まで我慢しているから、まずは食事だな」

彼はわたしの頬にキスを落とすと、先にバスルームを出ていった。

大きなバスタブで体を伸ばし、大きく息をはいた。

結局のところ豊田くんの言う知央さんに会ったことがあるという話が事実かどうかはわからない。

でも知央さんがわたしに言わないならそれでいいと思った。

それにしても『やきもちをやいてしまいそうだ』なんて。

……知央さん、意外だったな。自分の婚約者だから独占欲を見せるのは当たり前なのかもしれないけれど。それでもそのくらいわたしのことを思ってくれているんだと実感できた。

ずっと憧れていた理想の王子様と、結婚を前提に一緒にいられること。それだけでも贅沢なのに、彼から向けられる気持ちはわたしを幸せにしてくれる。

でも好きという一途《いちず》な気持ちで交際はできても、結婚となると話は別だ。霧島家の嫁という立場になる以上、恋愛感情だけで結婚をしていいはずはない。

難しいな。でも頑張るしかないんだよね。

どうしても彼と一緒にいたい。

それなら努力を続けるしかない。

彼のことを好きになればなるほど、自分の不甲斐なさにがっかりする。

完璧は無理かもしれないけど、せめて前向きに頑張らないと。

バスタブから出てボディスクラブを手に取り、彼に愛された後の体を丁寧にメンテナンスしていく。

少しでも彼の隣に、胸を張って立てるように。


バスルームから出て身支度を整えてからキッチンに向かう。

着替えていて気が付いたのはあんなにたくさん体中のあちこちにあるキスマークなのに、洋服を着たら一切どこからも見えないということだ。そのあたりも考えていたとなると、やっぱりどうしたって彼にはかなわないと思った。

キッチンにはコーヒーのいい匂いが満ちている。

一緒に暮らしはじめて、料理はわたしがするようにしていた。でも時々彼がこうやってキッチンに立ち、わたしに料理をふるまってくれる。

「フレンチトーストですか？」

「おしい。クロックムッシュだ」

フライパンの中のパンを器用にひっくり返しながら教えてくれた。

「すごいです。今度つくり方を教えてください」

こんがりと焼き色のついたクロックムッシュはすごくおいしそうだ。

「自分で作らなくても、食べたくなったら私が作るからいつでも言えばいい」

「それはさすがに申し訳なさすぎます。教えてもらったら自分でできるので」

忙しい彼に負担をかけたくない。そういう気持ちだったのだけど、彼は不満げだ。

「菫はいつになったら私に甘えてくれるんだ？」

「十分……甘えてますけど」

彼に甘えるのは今にはじまったことじゃない。これまでだってずっとわたしのためにいろいろしてくれていた。

「全然だな……っと」

彼はもう一度パンをひっくり返しながら言った。

「甘えるっていうのは、自分でできることを人にしてもらうことだろう。私は菫にあれもこれもやってあげたいんだ」

「はい……でもそれなら、してもらうより一緒に何かしたいです。知央さんの時間を独占するのが一番贅沢なので」

「それが菫の望むこと？」

わたしが頷くと、うれしそうに破顔した。

「うれしいことを言ってくれるな。じゃあさっそくお皿を用意してもらおうか」

「はい！」

元気よく返事をして、彼の料理を手伝う。お皿を手渡して彼の様子をうかがいながら、あれこれ準備をする。

「仕事ができる婚約者を持つと助かるな」

「そんなことないです」

そう言いながら、やっぱり彼に褒められるのは何よりもうれしい。

ふたりで並んで食事をとる。

彼の作ってくれたクロックムッシュにグリーンリーフとトマトのサラダ。それにヨーグルトには一昨日買ってきたキウイをのせた。

彼にはブラックコーヒーを。わたしはコーヒーにたっぷりのミルクを入れてブランチを楽しんだ。

午後から少し仕事をする彼の隣に陣取って本を開いた。お互い別々のことをしているのだけれど、それでも彼の隣で過ごす時間は心地よい。

学ばなくてはいけないことはたくさんある。今日は仕事の延長上でもあり以前から興味のあった決算資料の見方を勉強中だ。

本を読んで、わからないところをひたすらタブレット端末で調べる。

去年は指示されたことをこなすだけで、それにどういう意味があるのかもわからずにしていたが、せっかくだから今年は決算の流れを意識してやっていきたい。

ふと知央さんの視線に気が付いて、ページをめくる手を止める。

「どうかしましたか？」

「何をそんなに一生懸命読んでいるのか気になって」

彼はわたしの手元をのぞき込んだ。

「すみません。気が散ってしまいましたか？」

静かにしていたが、邪魔だったかもしれない。

「気にしないでいい。真剣な顔の菫を見て楽しんでいただけだから」

いったいどんな顔を見られていたのだろうか。恥ずかしくなってうつむく。

「それに今やっているのは仕事じゃなくて、個人的な資産の管理だ。時々やってくるレポートを確認するだけ」

なるほど。霧島家の資産となるとその管理も大変そうだ。

「それよりも菫が真剣に何を読んでいるのか気になるんだが」

「これです」

わたしが読んでいたページを彼に見せると、彼がのぞき込んだ。

「決算書の見方？　なるほどな、いい本を選んでる」

彼は本の内容をさっと確認したかと思うと、自分のタブレットに何かを表示させた。

「こっちにおいで」

言われるままに彼の真横に座る。

「もっと近くに来ないと、見えないよ」

彼に言われて密着するほど近づいた。

「これは過年度のわが社の決算報告書だ」

「え、見てもいいんですか？」

「ははは、もちろんだ。株主向けに公表されているものだからな」

わたしはまじまじとその内容を確認する。

「決算書はいってみれば企業の通知表。それをわかりやすくしたのが、各企業が出す株主や世間に向けた報告書だ」

なるほど、たしかに数字だけよりも見やすくなる。

「例えば決算報告書のここの部分が、この本のここにつながるわけだ。わかる？」

彼の説明を聞き、理解しながら頷く。時々難しい言葉だったり、わからないところを確認をすると、それもわかりやすく説明してくれた。

「なるほど、面白いですね」

「面白いか？」

「はい。知央さんの説明が上手なので。わたしの出会ったどの先生よりもずっと上手です」

「それは本職の先生が聞いたら、泣くだろうな」

彼は声を出して笑っていたかと思うと、わたしを引き寄せて膝の上に座らせた。

「菫がいい生徒だからだよ。でも無理はしないでほしい。最近華道も習いはじめたんだろう？」

「はい。もう一度ちゃんと習っておいた方がいいと思って。週一回ですし、集中してるとあっという間に時間が過ぎるので楽しいですよ」

先月のボランティアの際に、習ったはずのことがとっさに生かせずに落ち込んだ。もっとまじめにやっておけばよかったと後悔したので、これもチャンスだと思い切って学びなおすことにしたのだ。

「そのままでいいって言っても、聞かないんだろうな」

わたしは彼の言葉に苦笑いを浮かべた。

知央さんがわたしのことを思って、無理しないようにと言ってくれているのはわかる。それでもわたしは習い事や勉強をやめたくない。

「経験も知識もないので努力するしかないんです。いつかは霧島のお義母様のように堂々とふるまいたい」

その時知央さんの顔が曇った。

「あの人のようになる必要はないよ。菫は菫のままで。無理をしないで」

わたしはあいまいにほほ笑んだ。彼があまり賛成していないのが伝わってきたからだ。

「無理はしませんから、また教えてもらえますか?」

「そうだな。それは報酬《ほうしゅう》次第かな」

彼は言いながら自分の唇を指差した。それが何を意味するかはわかったけれど、なかなか恥ずかしい。

「あの……目をつむってください」

羞恥心から頬だけでなく、耳まで熱くなる。

彼はわたしのお願いを聞いて、目を閉じた。

あぁ、かっこいいな。

間近で見る彼の整った顔に胸がキュンとなった。形のいい滑《なめ》らかな唇をじっと見ていると、昨日のことが頭に浮かんだ。

やだ、わたしったら……恥ずかしい。

小さく頭を振って、頭の中の映像を追いやった。

彼にゆっくりと近づき、両頬を手で包んで、唇にキスをした。

ゆっくり離れると、彼が目を開ける。

「前払いも受け付けるけど？」

暗にもっとしてほしいと言われてしまった。どうしたらいいのか迷っていると、彼が楽しそうに笑い声をあげる。

「冗談だ。かわいいな、菫は」

言うや否や、わたしの唇に今度は彼がキスした。

「これは頑張っている菫へのご褒美だから。さて、続きをしようか」

「え、続きって……」

彼が不敵に笑い、わたしの顎を人差し指で上向かせた。

その色っぽい雰囲気に心臓がドクンと大きな音をたてた。それと同時にどんどん顔が熱くなる。

「もちろん、勉強の続きだ」

「え！　あぁ、はい！」

慌てて姿勢を正したわたしを見て、彼はくすくすと笑っている。どうやらからかわれたみたいだ。

「もう、ひどいです」

「ごめん、ごめん。菫がかわいいからつい……な」

顔をのぞき込み謝る彼は、たしかに楽しそうだ。彼が楽しいのなら、少しくらい恥ずかしくてもいいいか。

そんなことを考えながら、しばらくの間、彼の膝の上で特別授業を受けた。

それから二週間ほど経った土曜日。

彼は午後から会合があるということで、出かけていった。

一緒に暮らしはじめてからあらためて彼の忙しさを実感している。

霧島不動産の社長という仕事は、自社はもちろんのこと世界をずっと見渡していなければならない。

目の前の数字を必死に追っている自分からすれば、その規模の大きさは想像できない。彼の隣に立ち彼と同じ景色を見る。目標はそこなのだけれど……現状とてつもない夢のような話だ。

だから何かひとつでも人に自慢できるようなことがあればいいと思い、できそうなことをやってみてはいるけれどどれも中途半端だ。

華道や茶道は一通りできるけれど、及第点《きゅうだいてん》がもらえるかどうか。語学は英語なら多少理解できるけれど、もともと口下手なのも手伝って自分の意見を上手に伝えられない。

社交も……先月のボランティアに参加した時にも感じたけれど、集まりの中の人たちがどういった方なのか把握できておらず、会話に参加するのも難しかった。

こういう時に得意な分野があれば、少しは話題が広がるのに。

姉は小さなころから好奇心旺盛で勉強もできた。父は昔気質《かたぎ》の人間で〝女性の幸せは結婚にある〟という時代遅れの考えの持ち主。姉もそう言われていたのだが、彼女は自分の強い意志で研究者になることを選び、小さなころから努力し成果を出してきた。

最近では父も姉の実績を認めて、自慢の娘だと言っている。

わたしも、親に反対されても自分の人生をしっかり歩いていれば、何かひとつくらいは他人に誇れるものがあったかもしれないのに。

両親が望む人生を生きてきたのも、自分の選択だ。

だから過去を悔いても仕方がない。

最終的にはいつもこの結論に至るのだけれど、何度も考えてしまう。

くよくよしている時間がもったいない。

わたしは気持ちを切り替えて、早めの食事の準備に取り掛かる。

得意ではないけれど、実家で母とよくキッチンに立っていたおかげで、料理はそれなりにできる。

彼の口に合うかどうか、いつもドキドキしているけれど、これまではなんとか合格点をもらえている。

もっと好みを知りたいな……。

小さなことだけど、食の好みは大切だ。

コーヒーは深煎りが好きだとか、目玉焼きは半熟が好きだとか。毎日のことだから、彼の好みを把握しておいしいと言ってもらいたい。

胃袋をつかむという意味が、なんとなくわかった気がした。

十一月も中旬になり、冷え込む日も増えてきた。

この時季に食べたくなるビーフシチューを、時間をかけてコトコトと煮込んでいた。きっと彼が帰ってくるころには、いい感じに仕上がっているだろう。

「後は火加減に気を付けるだけでいいかな。お母さん自慢のメニューだからきっと知央さんもおいしいって言ってくれるはず」

そうだ。近くのベーカリーでバケットを買ってきて、ガーリックトーストも添えよう。

売り切れる前に買いに行こうとした瞬間、スマートフォンが着信を告げた。

「誰だろう?」

見慣れない番号に首を傾げた。疑問に思いながら電話に出る。

『もしもし、菫さんかしら?　霧島です』

「えっ、お義母様。ご無沙汰しております」

突然の電話に驚いた。どこで電話番号を？　と思うけれど、お義母様は母の活動してるボランティアサークルを主宰している。おそらく母に連絡先を聞いたのだろう。

相手が誰かわかって、自然と背筋が伸び体に緊張が走る。

とりあえず落ち着こうと、リビングのソファに座った。

『どうして来週のパーティを欠席なさるの？』

「え？　来週ですか？」

突然そんなことを言われても寝耳に水だ。そんな情報は一切知らない。

『そうよ、知央と一緒に出席するように伝えていたのに来ないなんて。せっかく用意したお着物が無駄になったわ』

どうやら知央さんは来週あるはずのパーティにわたしを〝連れていかない〟という判断をしたようだ。

だからわたしに何も聞かずに欠席をお義母様に伝えたに違いない。

「も、申し訳ありません」

相手に見えないとわかっても、わたしはその場で頭を下げた。

『知央に聞いても、理由も言わないんだから』

わたしもなぜなのか理由を知りたい。

どうして来週のパーティについて、何も言ってくれなかったの？

知らない間に断られていたとはお義母様に言えず、ショックが大きすぎてそれ以降の話がまったく耳に入ってこない。

結果が同じだったとしても、わたしの意見を聞いてほしかったと思うのはわがままだろうか。

参加する意思があるかどうかすら、考えてもらえなかったってことだ。彼がわたしをどう思っているか、わかった気がした。

知央さんはわたしが同席するのをよしとしなかった。それは未熟すぎるわたしをパートナーとして認めていないとはっきりと言っているようなものだ。

『菫さん、ちゃんと話を聞いてらっしゃるの？』

「え、すみません」

頭の中がいっぱいで、お義母様と通話中というのを忘れていた。

『具合が悪いわけではないのね？』

「はい。元気です」

そう答えたけれど、心の中はショックでぼろぼろだ。

『次は一緒に出席しなさい。わかったわね』

お義母様は強く念を押した。

しかし、わたしはそれに「行きます」とは言えない。きっと次も知央さんは、わたしを連れていくつもりはないだろうから。

「このたびはせっかくのお誘いをすみませんでした」

わたしはもう一度心から謝罪して、お義母様との電話を切った。

手の中からスマートフォンが滑り落ちる。

どうして何も言ってくれないの？

さっきからこの言葉がずっと頭の中をぐるぐるしている。

わたしなりに努力をしてきたつもりだった。

結果がすぐに出るものではないとわかっているけれど、習い事も経済の勉強も、早く周囲に認めてもらうために自分なりに必死になって頑張っている。

企業間で行われるパーティだって、両親と一緒に出席しているからまったく初めてというわけではない。

雰囲気はわかっているのだから、知央さんの婚約者として参加して慣れていくべきなのに……。

わたしがどれほど霧島知央の婚約者としての役割を果たしたいと思っているか、彼はまだわかっていないのだ。

一番協力してほしい人の理解を得られていない現実に打ちのめされる。

結局知央さんも両親と同じで、わたしは何もせずにみんなの言うことを聞いていればそれでいいと思っているの？

なぜ彼はわかってくれないのだろうか。

彼から与えられる気持ちに疑いなどない。わたしを傷つけようとしているとも思えない。

でもこのことだけは、何度か話をしているにも関わらず理解を得られないのだ。

その後のわたしは、料理なんてもちろん手につかず、部屋の明かりをつけることも忘れてただ考え込んでいた。

＊＊＊

タクシーに乗り込み、すぐにネクタイを緩めた。

仕事自体は嫌いではないが、日々息つく暇もないほど忙しくしていれば、疲れがたまるのも当たり前のことだ。

それに加え、母からの連絡がきて一気に疲れが増した。

来週に控えた霧島家主催の懇親会の連絡だ。

もうそんな時季かと思うと同時に、毎年のことだが憂鬱《ゆううつ》な行事に参加するのを考えるだけでも頭が痛い。

毎年霧島家が親類・知人を集めて主催する懇親会。面倒だがビジネスの側面が大きく参加しないわけにはいかない。

ゲストをもてなす側であり、かなり気を使う。それも自分の置かれている立場を考えれば仕方のないことだ。

毎年同じことをしているので、疲れるが特別なことをするわけではない。しかし今年は母が菫を参加させようとしてひと悶着あった。

なぜ勝手に着物なんか準備するんだ？　そんなもの菫にとってはプレッシャーでしかないだろう。

母は人の気持ちなどお構いなしで、自分の思い通りに周囲を動かそうとする。

これまでずっとそうしてきたのだから今更母が変わるわけなどない。

菫だけは母の横暴なふるまいから守りたい。

何があっても彼女を失うわけにはいかない。

母の私に対する態度は、過干渉を通り越して束縛だった。小さなころから、食べるものも着るものも、友人関係、進学先すべて母は自分が決めなければ気が済まなかった。お気に入りのおもちゃは『くだらない』と言って隠され、友人は母が選んだ相手数人だけ。

中学生にもなれば、母のその行動が私を思ってのことではないと気が付いた。母は自分の思い通りになる、自慢の息子が欲しかったのだ。自らを飾り立てる、大きな宝石と同じアクセサリーのひとつだとでも思っていたに違いない。

父は今も昔も母に甘い。だから常に私よりも母の味方だ。自分の状況を伝えてもなんの力にもならなかった。

高校を卒業すると海外の大学に逃げるように進学をした。

それでも干渉はあったが、日本にいるよりもずいぶん自由にできた。次第に帰国時も実家には知らせず、都内に借りたマンションで多少落ち着いた生活をするようになったのだ。

ここしばらくは母とはできるだけ関わらないようにしている。その方がいさかいが起こらずお互いのためだと判断したからだ。

だが、家族であるため完全に排除することができない。

しぶしぶながら、最低限のつき合いをするのにとどめていたのに、菫に興味を持たれてしまった。

昔から大事なものを取り上げられてきた。しかし彼女だけはダメだ。

母と接触すれば傷つき私から離れようかと考えるかもしれない。そうさせないためにも、母と菫は会わせないのが一番だと思っている。

大切な彼女には自由でいてほしい。私に向けるあの笑顔が曇ることはあってはならない。

それは家のために嫁ぐと決めた、彼女に対する私の心からの誠意だ。この彼女への気遣いは、同時に彼女に対する執着心への償いの気持ちでもある。

何があっても彼女を自分のものにしたい。二度と手放すことは考えられない。

たとえ彼女が嫌だと言っても、離れる選択肢だけは絶対に選ぶつもりはない。

自分以上に彼女を幸せにできる男はいないはずだ。どうしても彼女をそばに置いておきたいというのは勝手なのはわかっている、残酷なことをしているかもしれない。

それでも彼女のいない人生は考えられないから、愛をいろいろな形で伝えていくしかない。

菫にはなんの憂いもなく、私の隣にいてほしい。望むのはそれだけだ。

＊＊＊

――ガチャ
玄関のドアの開く音で我に返る。足音が近づいてきて知央さんが帰って来たのだと気が付いた。

「どうしたんだ。明かりもつけずに」

リビングが明るくなって初めて、外が暗くなっていることに気が付いた。どのくらいの間考え込んでいたのだろう。

しかも今もなお、答えなんて出ていない。まだぼーっとしていて、彼の問いかけにうまく返事ができない。

「どうした、体調が悪いのか？」

反応が悪いわたしを心配して、彼が手のひらをわたしの額に当てた。

「別に熱はないみたいだな」

いつもと変わらない優しさが逆につらい。

優しくてわたしのことを大切にしてくれていても、理解してもらえていない。このもどかしさをどう彼に伝えたらいいのだろうか。

わたしはこれ以上ひとりで考えているのがつらく、彼にすべて話すことにした。彼の考えを知りたいから。

「先ほどお義母様から電話があったの」

「母から？」

彼の表情が一瞬にして曇った。

「なんの用事だったんだ？」

こうやってお義母様の話をすると、彼のまとう空気が途端に冷えていく。何度か同じことがあったので、わたしの気のせいではない。

「来週、霧島家でのパーティがあるっておっしゃっていました」

「あぁ、そうだな。でも菫は参加する必要ない」

彼は疲れた様子でジャケットを脱ぎ、ソファの背もたれにかけた。

カフスを外しながら、なんでもないことのように言った。

「わたしを連れて歩くのが恥ずかしいからですか？　お姉ちゃんみたいに美人でもな

いし知識もないから？」

余裕がなくて責めるような口調になってしまう。

自分の中にあるいつも抱いていたコンプレックスがあふれ出す。

「どうしてそこで百合さんの話が出てくるんだ？」

彼は小さくため息をつきながら、わたしの隣に座る。

あまりにも子どものような言い分に、あきれてしまったのかもしれない。

結婚すると決まってから、しっかりとした大人の女性になろうと努力してきた。

しかし思ったようにうまくいかずに焦っていた。

そのタイミングでお義母様からの連絡があり、知央さんまでわたしを婚約者として扱ってくれないのだと思ったら、胸が苦しくて感情が爆発してしまったのだ。

彼の話を聞くために、なんとか落ち着こうと深呼吸をした。

「あの人とはあまり関わってほしくないんだ。菫を守るためだと思って私の言うことを聞いてほしい」

〝あの人〟と言う言い方に、彼とお義母様の距離を感じる。

「どうしてそんなことを言うんですか？　お義母様とどういう関係を築くかは、わたしが決めます」

知央さんと結婚すると決めてからお義母様とは一度しか会えていない。

たしかに歓迎はされていなかったし言葉も態度も厳しかった。

それでも最後は、できないわたしを放っておかずにアドバイスをくれた。

わたしにとってはうれしいことだったのに。

「菫、どうしてわかってくれない？」

彼はため息交じりに、わたしに訴えかけてきた。

いつもならそんな態度を見たら、そのまま黙って我慢するだろう。

けれどそれでは、わたしたちはいつまで経っても変わらない。

「わかってくれていないのは、知央さんです。お義母様はわざわざわたしのためにお着物まで準備をしてくださったのに」

「それはあの人自身が恥をかきたくなかったからだろう。別に服装なんて、ある程度きちんとしていれば問題ないんだから」

「そんな……」

どうしてそんなふうに思ってしまうのだろうか。これではお義母様がわたしを思って何かしてくれても、全部裏目に出てしまう。

ここまで知央さんと意見が対立したのは、初めてのことだ。でも今回のことは譲れない。

「菫は本当に何も心配しなくていい。この結婚については祖父も父も賛成している。母ひとりが反対したところで問題ない。宮之浦のご両親だって、私と菫が仲良くしている姿を見れば安心してお許しいただけるはずだ。ご両親は菫の幸せを何よりも大切に思っているから」

でもそれではなんの解決にもならない。ただ大切にされるだけの存在なら、これまでと変わらない。

「それじゃダメなんです。両親もお義母様もわたしが霧島家にふさわしいかどうかを心配しています。だからわたしはできないことも多いけど……努力してなんとか頑張ろうとしているのに……わたしを霧島知央の婚約者として扱っていないのは、知央さんじゃないですか！」

声を荒げたわたしを見た彼は、困った顔をしてわたしの肩に手を置いた。

「それは違う――」

「違いません。ちゃんと婚約者だと思ってくれているなら、来週のパーティにも連れていってくれたはずです。わたしにはできないからって決めつけているのは知央さんです」

彼はわたしの言葉に目を見開いて驚いている。

無理もない。これまで長い間、一度だって彼にこんなふうに声を荒げたことなんてなかったのに。

いつもなら彼の大きな手のひらで触れられると、不安はすぐにどこかにいっていた。しかし今はわたしの荒れた気持ちを救ってはくれない。

「こんなんじゃ、夫婦にはなれません」

目頭が熱い。涙があふれそうになる。でもここで泣いて、彼に慰められたら、また彼の優しさに流されてしまう。

自分は弱い人間だ。だからこそ、ここで頑張らないともっと後悔してしまう。

「すみません、ひとりにしてください」

わたしは立ち上がり寝室に向かう。

「待ちなさい、菫」

彼が止める声が聞こえたけれど、わたしは寝室に入りベッドの中に潜り込んだ。

何もかもから隠れてしまうと、これまで我慢していた涙が一気にあふれ出した。

「うっ……うう」

枕《まくら》にどんどん涙のしみができていく。理解してもらえないことが苦しくて、何もかもうまくできない自分が情けなくて。

知央さんはわたしのことを思ってくれている、それは間違いないけれど、でもきっとこのまま何も変わらないまま結婚したら、わたしはずっと今と同じ気持ちを持ち続けてしまう。

わたしじゃなくても、よかったんじゃないの？

宮之浦の娘というだけで、彼と結婚することになった。でもそれはわたし自身でなければダメな理由ではない。

わたしは誰でもよかったではなく、わたしがよかったと言ってほしい。それは身の程知らずだろうか。

このままこれまでと同じように、誰かに守られて生きていけばいいのだろうか。夫婦としての愛だけで満足できないわたしは欲張りなのだろうか。

少しでも魅力的な女性になって、彼に女性として愛されたい。家の都合で結ばれた夫婦としてではなく、わたし自身を見てほしい。

——でもそれは贅沢な話だ。

それならばせめて、彼の妻として価値があると認められたい。

今のわたしには、宮之浦の娘という価値しかない。

生まれつき与えられたもので、わたしが何かを努力したわけではない。

でも知央さんの隣に立つ女性は、そんな人ではふさわしくない。もっと凛々しく自分に自信のある人でなければ。

そうでなければ、彼がいつかわたしにがっかりする日が来るかもしれない。愛されていない結婚なのに妻としての役割すら果たせなければ、わたしに何の価値があるというのだろうか。

これから先彼の気持ちが変化しても、優しい彼はわたしを捨てないかもしれない。

でも彼のお荷物になるのは嫌だ。

負の感情が次々と浮かんでくる。

堂々巡りだ。

そばにいたいのに、いられない。その資格がない。

彼がいいと言ってもわたしが嫌なのだ。

しばらくして知央さんが様子を見にきた。

ノックする音が聞こえた後、ドアが開く気配がした。

「菫、大丈夫か？」

わたしは返事もできずに余計に布団の中に潜り込む。

「少し話がしたい」

彼がベッドに座ったのか、ギシッと音をたてマットレスが沈み込む。

「ごめんなさい」

今は何も話したくない。

これまで自分の気持ちを言葉にしてきたつもりだったのに、彼はそれが伝わらなかった。

これ以上どう説得したらいいのかわからない。

ただ彼に大切にされるだけでは、ダメだということがどうしても伝わらない。

「わかった。しっかり休んで」

彼はわたしにそう言い残すと、寝室を出ていった。

静かになった寝室で、考えるのは結局彼のことばかり。

そしてその日、引っ越しをしてから初めて、彼と別々に夜を過ごした。

第六章　私のかわいい妻を紹介します

結局一睡もできないまま朝を迎えた。

いつもふたりで使っているベッド、ひとりで寝るとこんなに広かったのかとそのことだけでさみしさが募る。

一方的に話をせずに立てこもったわたしが悪いが、根本的な問題はどちらが悪いというものではない。

彼がわたしのことを思い、守ってくれようとしているのはわかる。

でもわたしはそれを望んでいない。

いつまでも守られるだけの存在になりたくない。自分で考えて行動して失敗しても自分で責任を取りたい。そうしてこなかったことに今、後悔しているから。

彼と話し合いをするべきだと思うけれど、わかり合える自信がない。

もっとちゃんと説得できるように考えをまとめなければいけないだろう。

どうしたら……いいんだろう。

ベッドサイドのチェストに置いてあったスマートフォンを手に取り確認すると、メッセージが届いていた。

知央さんからかもしれない。

そう期待してメッセージを見たわたしは、驚きの声をあげた。

「お姉ちゃん。帰ってきたんだ！」

二日前、姉はイギリスから帰国したそうだ。

久しぶりに姉に会えるかもしれないと思うと、沈んでいた気持ちがわずかに浮上した。

実家には帰らずに都内のホテルに宿泊しているとメッセージにはあった。

たしかにお父さんもお母さんもすごく怒っていたから、自宅にすんなり戻れなかったのだろう。

早く会いたいと思うと同時に、疑問も浮かんだ。

でもどうして今ごろ戻ってきたの？

彼氏とうまくいっているなら、結婚の報告があると思うのだけれど、両親からも姉本人からも何も聞いていない。あまりいい状況ではなさそうだ。

すぐに連絡してみようと思い、スマートフォンをタップした。その瞬間ドアをノックする音が響き、わたしは驚いてその場で小さく跳ねた。

部屋の外から知央さんの声がかかる。

「菫、起きているなら出てこないか？　食事も——」

「ごめんなさい、まだ時間が欲しいです」

彼の声色から心配しているのがわかる。

でも感情的にならずに話をする自信がない。このままここにこもっていても何も解決しないのに。

「そうか。なら私は少し出かけてくる。食事の準備はしてあるから後でちゃんと食べて」

「……はい」

子どもみたいにまともに話し合いもできないわたしに、食事の用意までしてくれた。どこからどう見ても完璧で素敵な人なのに、それでも自分の気持ちを優先しようとするのは、わたしのわがままかもしれない。

何が正しくて、どうするのが正解か。まだ答えは出そうにない。

勢いよくベッドに転がると、心地よいスプリングがわたしを受け止めた。

もしこのまま平行線だったらどうしよう。わたしが折れるしかないんだろうけれど、そうすればこの先一生、自分に自信がないまま生きていくのだろうか。

考えごとをしながら、ゴロゴロと寝返りをうっていると、知央さんの気配がリビングからなくなった。

ゆっくりとベッドから降りて、リビングに向かう。予想通りシンとしていて誰の気配もない。

ダイニングテーブルの上には、彼がわたしのために用意したカトラリーとお皿、その横にはメモが置いてあった。

そこには彼の几帳面《きちょうめん》な字で【百合さんに会ってきます】と書いてあった。

「どういうことなの？」

てっきり仕事だろうと思っていたのに、完全に予想外だ。

どうして姉に会う必要があるの？

そもそも姉の帰国はわたしですらさっき知ったばかりなのに、もう知央さんが知っているのはなぜなの？

なんだかとても不安になる。

彼を信用していないわけではない。でも会いに行くということは、何かしら会う理由があるということだ。

姉はなぜ妹であるわたしよりも先に、彼と会うことにしたのだろう。

またわたしの知らないところで、いろいろ決まってしまうのだろうか。

そう考えたら、いてもたってもいられず、衝動的に姉の滞在するホテルにタクシーに乗って向かっていた。

勢いでタクシーに乗ったけれど、もしかしたら別の場所で会っているかもしれない。わたしの中は不安でいっぱいだった。

ホテルに到着してとりあえず、エントランスに向かう。祝日の午後ということもあり、たくさんの人が行き交っていた。

ここのホテルは一階にティーラウンジがある。何度か利用したことがあるのでひとまずそこを目指す。

ラウンジの入り口から中をのぞくと姉と知央さんの背中が見えた。見つけた瞬間ほっとしたけれど、それと同時に緊張する。

勢いでここまで来たはいいものの、ここからどうするのか何も考えていない。しかし知央さんたちから目が離せない。

違和感を覚えたのは、知央さんと姉が並んで座っていることだ。ふたりの向かいに知らない男性が座っていた。

どういう組み合わせだろう。

「お客様、ご案内いたします」

ティーラウンジの入り口に立ったままで、中をじろじろとのぞき込んでいたわたしに、スタッフが声をかけてきた。

中にも入らずにいたわたしを、怪しんだのかもしれない。ここはひとまず迷惑にならないように中に入ることにした。

「え、あ。はい。あの席でもいいですか？」

スタッフに断って、状況が把握できるように知央さんと姉が座る斜め後ろのテーブルを指定した。すると姉の声が聞こえてきて聞き耳をたてる。

盗み聞きなんてダメだとわかっている。それでもわたしはその場を離れることなく背後の会話に集中した。

「誠《まこと》、今更何しに日本に戻ってきたの？」

「百合ちゃんが急に帰国したから、追いかけてきたんだろ？」

会話の内容から、知央さんたちの前に座っているのが姉の恋人とわかる。

「だから今更だって言っているの。こんな状況になるまで放っておいたのはあなたでしょう。いつまでもわたしがあなたを好きでいるなんて自惚《うぬぼ》れないでほしいわ」

姉は恋人に強い言葉で言い返した。

隣の知央さんは黙ったまま、ふたりの様子をうかがっているようだ。

「そんなつもりじゃない。ただ僕は――」

「もうあなたの言い訳は何も聞きたくない」

姉は恋人を拒否するように首を振っている。

「わたしあなたと別れて知央くんと結婚することにしたわ」

声をあげそうになったわたしは、慌てて口元に手を当てて必死に声を抑えた。

お姉ちゃんと知央さんが結婚？

強い衝撃で胸がバクバクと大きな音をたてている。

どうして急にそんな話になったの？　昨日わたしと彼が一緒にいなかった間に、彼と姉の間にどんな話し合いがあったのだろうか。

だとしても彼と結婚するのはわたしのはずだ。もしかして……昨日わたしと意見が合わずにやっぱり姉がいいという話になったのだろうか。

一瞬嫌な考えが頭をよぎったが、知央さんに限ってそんなはずはない。もし万が一にでもわたしではなく姉を選ぶのならば、きちんとわたしと話をしてから姉との結婚話を進めるはずだ。

彼はそういう人だもの。それは自信をもって言える。

そう自分に言い聞かせても、動揺が収まらない。

指先が冷えてかすかに震えている。

緊張で胸が早鐘を打つ。

嘘だと言って……お願い。そんなことはありえないと言って。

知央さんに届くようにわたしは強く願った。

「百合ちゃん、急に帰国したと思ったらいきなり何を言い出すんだ！」

姉の恋人も初めて聞く話だったようで、わたしと同じく動揺している。

これまでの様子から、姉と恋人はイギリスでうまくいかずに、姉がひとりで帰国したのを彼が追いかけてきたということだろう。

相手の様子を見たら、まだ姉に気持ちがあるようだ。

「何って、あなたがずっとうじうじして覚悟を決めないから、別れることにしたの。いつまでも待てないわ。わたしの人生をなんだと思っているの？」

「それは……待たせて申し訳ないと思う。でも僕は君のご両親に認められるようになってから結婚をしたいと思っていたんだ。これまでもずっとそう説明してきただろう？」

姉の恋人は一生懸命、説得しようとしている。

「それっていつになるの？　わたし十分待ったわ。それに誠は両親のことをいつも理由にするけれど、あなたが結婚するのは両親じゃなくてわたしよ。なぜ両親の気持ちを考えて、わたしの気持ちは考えてくれないの？」

姉の横顔を見ると、感極まった様子で目が潤んでいる。

知央さんはその場に座ったまま、ただ成り行きを見守っている。どうして黙ったままでいるのだろうか。

さっきの姉の発言を訂正しなくては、姉と恋人の関係がこじれてしまうのに。

……もしかして本当に、昨日わたしが聞き分けのないことを言ったので、心変わりをしたのかもしれない。

もともと姉が嫁ぐ予定だったのだから、時間はかかるかもしれないが双方の家も許す可能性が高い。特にうちの両親は、わたしよりも姉の方が知央さんの相手にはぴったりだとずっと言っていたから。

頭の中で不吉なことを考え続ける。気持ちがどんどん最悪な方向に進んでいる。

その時姉の声が聞こえ、はっと我に返る。

「わたしはずっとあなたと一緒になるつもりだった。だからイギリスまで追いかけたのに、そこでも煮え切らなかったのはあなたの方じゃない」

「それは……」

姉の剣幕に、男性は口をつぐむ。

「あなたはそうやっていつも黙り込むわね。そして気持ちを測りかねたわたしが悲しい思いをする」

姉が自らの顔を両手で覆う。

「もうまっぴらなの。振り回されるのは」

いつも気丈な姉の声が震えている。こんな姉の姿は今まで見たことない。

姉からすれば、イギリスまで追いかけたのに、それでも煮え切らなかった相手に愛想をつかしても仕方ない。でも心はまだ彼にあるから……そんなに悲しそうなんだ。

「悪かった」

「謝ってほしいわけじゃないわ、わたしにとってはもう過去のことだもの。わたしは両親の勧める相手、霧島さんと結婚しますから」

「ダメだ！」

「ダメ！」

気が付いたら、姉の恋人と一緒に声をあげながら立ち上がっていた。

三人の視線がわたしに突き刺さる。

「菫……」

「あっ」

驚いた顔の知央さんと姉、それから状況がよくわからず戸惑っている姉の恋人。

失敗した……。

隠れて話を聞いていたのがばれた。いたたまれなくてこの場から離れたい。

「ご、ごめんなさい」

わたしは謝罪をして、バッグを手につかむと逃げ出した。

「菫、待ちなさい」

しかしすぐに後ろから追ってきた知央さんに腕をつかまれた。こうなったらもう逃げられない。

「私の置手紙を読んでここに来たのか?」

彼の声はとがめるわけでもなく、淡々と事実確認をしているように聞こえた。

「お姉ちゃんがここに泊まっていると連絡があったので、もしかしたらと思って」

彼は何も言わずに、姉とその恋人に向かって口を開いた。

「百合さん、今ので彼の気持ちは十分わかっただろう。だからもうこれ以上茶番にはつき合わない。君ももういい加減、腹をくくれ。失礼する」

知央くんはふたりに挨拶をすると、わたしの手を引いて歩きだした。

「菫……」

姉がわたしを呼ぶ声が聞こえて振り返ったけれど、すぐに彼に手を引かれティーラウンジを出た。

そのまま外に出るのかと思っていたのに、エレベーターに乗せられた。

「どこに行くの？」

「ゆっくり話ができるところ。やっと菫が出てきたんだからもう逃がさない」

そうだった。わたしは彼との話し合いを拒否したままだった。でも彼の言う通り、ここまできたらちゃんと向き合う他ない。

エレベーターを降りて、そのまま部屋に連れてこられた。たしか来客の急な宿泊のために、都内のホテルに部屋をいくつか年間で確保していると聞いた。ここもそのひとつなのかもしれない。

彼がカードキーでドアを開けて、わたしを先に中に入れた。

「知央さんこの部屋――」

彼の方を振り返ろうとした瞬間、ぎゅっと抱きしめられてそれ以上言葉が発せられない。

「菫、悪かった。不愉快な思いをさせた」

わたしを背後から抱きしめたまま、彼は低い声で謝罪の言葉を口にする。

おそらくさっきの姉とのやり取りの話をしているのだろう。

「わたしも盗み聞きなんてして、すみませんでした」

「謝らなくていい。菫は何も悪くない。私の話を聞いてくれるか？」

「……はい」

彼ときちんと話をせずに、不安な思いをした。逃げているだけでは何も解決しない。だからちゃんと向き合わないといけない。彼を拒否し続けるのはわたしにとってもつらいことだから。

「ありがとう。とりあえず座ろうか」

彼に言われてソファに座る。

彼はその間もわたしの手を一度も放さなかった。

「何から謝ったらいいのか考えていたんだけど、まず菫に一番に言いたいことは、君のことが本当に好きだということだ」

わたしの好きな少し低めの優しくて甘い声で彼が告げた。いつもならうれしくて仕方のないその言葉をわたしは素直に受け取れなかった。

「知央さん……それって。わたしがあなたの妻になる人だからってことですよね」

自分で言って目頭が熱くなってきた。泣いたら彼を困らせるのがわかっているから必死になって耐える。

わたしの好きと彼の好きが違うのはわかっていてもつらい。

「どういう意味で言っている？　妻になる董に愛情を注ぐのは当たり前だろう」

「そう……ですよね」

やっぱりそうだとがっかりする。

どうも涙を我慢するのにも限界がきたみたいで、目じりからあふれ出した涙を急いで拭った。

「董、なんで泣いているんだ？　どうしてそんな悲しそうな顔をする？」

彼は困った様子でわたしの顔をのぞき込み、わたしの涙を指で拭ってくれる。

こんなに優しくしてくれても、彼はわたしをひとりの女性としては見てくれていない。

贅沢を言わないで、この優しさに感謝しなくちゃいけないのに。でも今は現実をうまく受け止めきれない。

「董にとって、わたしの好意は迷惑……なのか？」

わたしを見る彼の目が、不安げにこちらに向けられている。

彼を困らせていると知ってちゃんと否定しなければと焦る。

「迷惑なんかじゃないです。ありがたいと思ってます」

そうだ、何もできないわたしを大切にしてくれている。

ちゃんと感謝の気持ちを伝えたい。

「わたしなんて姉の代わりなのに、何もできないのに、それでも婚約者として扱ってくれて……」

卑屈な言葉がどんどん出てきて、同時に顔がどんどん下を向いた。流れた涙が手の甲に落ちた。

「ちょっと待って」

知央さんの手がわたしの頬に触れる。

ゆっくりと上向かせると彼の真剣なまなざしがわたしを射抜いた。

泣き顔のまま彼に見つめられる。

ひどい顔だけれど彼に捕らえられていて視線すら外すことを許されない。

「菫が百合さんの代わりだとずっと思っていたのか？」

「だってそうでしょう？　両親たちはお姉ちゃんと知央さんを結婚させるつもりだっ

たんだから」

「たしかにそういう話だったけれど――」

彼の言葉も歯切れが悪い。

「でもお姉ちゃんが駆け落ちしちゃったから、仕方なくわたしと結婚することにしたんですよね？」

「それは違う」

いつもは穏やかな彼が、即座に大きな声で遮るように否定した。

「悪い、大きな声を出して。でも菫がひどい誤解をしているから。いや、ちゃんと話をしていなかった私が悪いんだな。菫――」

急に彼がわたしを抱きしめた。強い腕の中で彼の匂いに包まれると、やっぱり好きだという気持ちが湧きあがってきて切なくなる。

彼の胸に顔をうずめて、次の言葉を待つ。

「菫、ちゃんと話をするからそのままで聞けるか？」

わたしが頷くと、彼はわたしを抱きしめなおして、話をはじめた。

「私と百合さんは、祖父たちの交わした婚姻の約束を利用していたんだ。お互い」

「利用……ってどういう意味ですか？」

「ふたりとも、結婚する意志はなかったんだ。はじめから」

彼の言葉に驚いて、顔をあげて彼を見つめる。

「えっ、でも両親やわたしはそうだと思っていましたよ」

霧島家などで行われるパーティではパートナーとしてふたり並んで出席していた。

「そう見えるようにしていたんだ。ふたりで話し合って」

彼が苦笑を浮かべながら説明してくれる。

「百合さんはさっき席にいた彼がずっと好きだったんだが、君もさっき聞いた通り彼が煮え切らずにご両親を説得する自信もなかったそうだ」

知央さんはわたしにわかりやすいように、説明してくれる。

「私は母親が次々持ってくる見合い話を断るのが面倒だった。母は祖父たちの結婚の約束を無視して自分の気に入った相手と私を結婚させたがっていたからね」

どちらも初めて聞く話だ。

「そんな私たちには、あの祖父同士の交わした約束が都合がよかったんだ。お互いがお互いを利用する、そんな関係だった」

彼の話には十分納得できた。知央さんくらいになればお見合いの話など当たり前にあるだろうし、うちの両親が姉の結婚相手に対して厳しい態度をとるのも想像ができた。

「お姉ちゃん、そんなに前から好きな人がいたんだ」

仲がいいと思っていたのに、わたしは何も知らなかった。そのことがショックだ。

「百合さんは、菫に秘密を抱えさせたくなかったんだと思う。だから今日も菫には内緒で来てほしいって言われたんだ」

姉ならそう言うだろう。それが優しさであったとしても、何も知らされていないわたしはさみしかった。

「でも私は菫とこれ以上こじれたくなかったから、百合さんと会うことを書き残した。知られた時に変な誤解をされないようにするためでもあったけれど。きっと菫は何も知らずにいるよりも、知ったうえで自分でいろいろ考えたいんじゃないかと思って」

「知央さん……ありがとう」

昨日は理解してもらえないと思っていた。でも彼にわたしの気持ちが伝わっていた。

「これが百合さんと交わした約束の最後の仕上げのつもりだったから、手紙を残して出てきたんだ。長い間お互い協力をしてきたからここで投げ出すのも悪いと思ってね」

彼はわたしを抱きしめていた腕を緩めて、しっかりと目を合わせてから、口を開いた。

「たとえ嘘でも、菫以外の人と結婚するなんてことを口にしたくない。菫が聞いて傷つくようなことをしたくなかった。それが君の大切なお姉さんでも。だからあの場で黙ったまま座っているだけにとどめたんだ。それなのに結局君に嫌な思いをさせてしまってすまない」

彼が申し訳なく思う気持ちも、それでも姉に協力した気持ちも理解できた。

「そうだったんだね。お姉ちゃんのことも知央さんが考えてくれていたんだ」

彼がわたしを抱きしめる腕に力を込めた。その腕の強さにほっとする。

「菫が『ダメ！』と叫んでくれた時、心からうれしかった」

「あれは……言わないで。恥ずかしいから」

見つからないように隠れていたはずなのに、我慢できずにとっさに声をあげてしまったのだ。

「私は……菫は宮之浦家や祖父のために結婚を決意したんだって思っていたから。それでも結婚してくれるなら、一方通行の思いだとしても大切にするつもりだった」

彼の言葉にわたしは目を見開いた。

「……そんな。わたしたちお互い誤解していたの？」

わたしは自分を姉の代わりだと思っていて、彼はわたしが家や祖父たちのために結婚したと思っていた。

「そうみたいだな、菫を安心させてやれなくてすまなかった」

彼はわたしの頬に手を当ててまっすぐわたしを見つめる。

「こんなに大事なものなのに、他のことなんてどうでもいいのに悲しませてすまなかった」

彼の切実な思いが伝わってくる。わたしは首を左右に振った。

「謝らないで。誤解をしていたのも、させていたのもわたしだから」

彼の胸に自ら頬を寄せた。

彼は優しく受け止めてくれた。伝わる熱といつも使っている彼のオーデコロンの香り。安心とドキドキを与えてくれるのは、この世で彼ただひとり。

「菫。愛してる……君がたとえ婚約者じゃなくても、恋人ですらなくても、菫しか愛せない」

逃がさないと伝えるかのように彼の腕に、ますます力がこもる。

「ずっと君が好きだったと言ったら信じてもらえるか？」

「ずっと……？」

彼のわたしを想う気持ちは理解できた。でもずっとっていつからだろう。

「わたしと結婚するって決めてから、ちゃんと思ってくれていたんですね」

彼の顔を見ると、気まずそうに視線を外した。

なんだか彼の頬が赤い気がするけど、気のせいだろうか。

「違う。ずっとはずっとだ。菫が思うよりもずっと前だ」

「それっていつのことですか？」

どうしても知りたくてしつこく聞いた。

「いつか、教える。でも今はそれよりキスがしたい」

熱い視線にからめとられて動けない。わたしにできるのはただ目を閉じるだけだった。

何もかもが解決したわけではない。わたしが乗り越えなくてはいけないことはまだたくさんある。

それでも彼に愛されているというそれだけで、何もかも頑張れる気がした。

唇が重なった瞬間体が熱く震えた。彼の思いが流れ込んでくるようなキスは体の芯からわたしをとろけさせる。

「ん……知央さんっ……あっ」

息継ぎさえも許してもらえないほどの濃厚なキス。舌を捕らえられお互いに絡め合う。こんなに近くにいるのにもっと彼を求めてしまう。彼もきっと同じ気持ちなのか、唾液が口元からあふれ出して首を伝ってもキスを止めなかった。

「好きだ、菫。もう我慢しない」

そう宣言した彼を、熱い視線で見つめる。

すると彼がその場で、わたしを抱き上げた。

少し驚いたものの抵抗なんてしない。彼の首に腕を回してしっかり彼に抱き着いた。

「いい子だ」

わたしを抱えたまま、彼はベッドルームに向かう。

昔から彼にこう言われるのが好きだったのを、思い出して笑みを浮かべる。

「どうかしたのか？」

「知央さんに褒められてうれしかったの」

「そうか。それならこの後もたくさん褒めてあげるから、頑張りなさい」

彼がきらきらと眩しい笑顔を浮かべる。

「え……あの、はい」

最初何を言っているのかわからなかったけれど、彼の目の奥にゆらめく欲望を感じ取った瞬間、何を意図しているのかに気が付いてしまった。

大きなベッドに彼がわたしを抱えたまま座った。膝の上に座らされたまま彼が耳や頬にキスしながら、カットソーの裾《すそ》から手を入れて素肌に触れた。

思わず体がビクンと跳ねる。それを見た彼が耳元でクスッと笑った後、耳を舌でねっとりと舐めた。

背中をぞくぞくとした感覚が走り抜けると同時に、お腹の奥に熱がたまっていく。

その後もいたずらな手や、熱い吐息、濡れた舌先でわたしを翻弄していった。

彼の膝の上で、ありとあらゆるところを好きにされる。

気が付けば服は脱がされていた。体の熱は上がり、我慢できなくなって呼吸が荒くなり知らず知らずのうちに嬌声《きょうせい》が上がる。

「あぁ……知央さん……もう」

涙目で背後の彼を見て訴えかける。

「ん?」

わかっているのに意地悪をする。

「もう……無理」

しかし彼はやめるどころか、わたしへの刺激を強めた。

「あぁ……んっ！」

慌てて手で口元をふさいだが、隙間から我慢できなくなった声が漏れる。

「もっと聞きたい。どうせ我慢しても無駄なんだから、かわいい声で私をもっと喜ばせて」

ねっとりと舌で耳の穴を舐《ねぶ》られながら言われるとどうしようもない。わたしは我慢することをあきらめた。

「いやぁ……ん」

彼の上で体が大きく跳ねる。一度達した体を彼がベッドに優しく横たえた。

それから自らのシャツを大胆に脱いでいく。あらわになった彼の体。初めてというわけじゃないけれど、それでも直視できずに視線を外す。

「ちゃんとこっちを見て、私から目をそらしてはいけないよ」

彼に言われて、わたしは視線を戻す。こうして知央さんに言われると、逆らうことなんてできない。

彼もわたしをじっと見ている。そしてそのまま大きな手のひらでわたしの形を確認するかのように素肌の上を撫でていく。

「綺麗だ。ずっとまっすぐに美しいまま育ったのがよくわかる」

「そ、そんな……わたしなんて」

ストレートに褒められて、恥ずかしすぎて心臓がドキドキうるさい。

「わたしなんて？　私がこれまでどれほど菫を守るのに苦労してきたと思っているんだ？」

「どういうことなの？」

彼が妖艶な笑みを浮かべた。

その色気に体の奥が熱くなる。

「もう菫は完全に私のものになったから種明かしするけど、君は自分がもてないと思っていたみたいだがそれは違う。君に近づく悪い虫はわたしがいつも排除していたんだよ」

「そんな……嘘ですよね？」

「もちろん手荒な真似はしてないさ。ただ私よりも菫を幸せにできるかどうかを見極めただけだ。だが豊田君だったか、二度も菫に手を出そうと思うなんて、容認しがたいな」

彼は口角をわずかに上げて小さく笑った。

この間はうまくごまかされたけれど、知央さんはやっぱり豊田くんに会っていたのだ。

「そんなことしなくたって、わたしはずっと知央さんに憧れていたのに」

「私もずっと菫の兄でいるつもりだった。でもやっぱり無理だった。私にとっては今も昔も大切なのは菫だけ。ずっと菫だけしか見てなかった」

彼が優しくわたしの髪をすいた。この大きな手がいつもわたしを守ってくれていた。そしてこれからもずっとそうしてくれる。

「わたしもずっと知央さんだけだった。きっと他の誰かと恋をしようと思っても無理だったと思う」

わたしにこんなに大きな安心感とときめきを与えてくれるのは、これまでもこれからも彼だけだから。

「お互い、他の誰かじゃダメだったってことだな」

わたしが頷くと、彼はうれしそうに笑って唇を重ねてきた。

「菫。欲しい」

「はい。知央さん」

彼の欲望がわたしの体をさらに熱くする。彼の背中に手をまわしてしがみつく。

今から与えられる激しい快感をすべて受け止めるために。

翌朝。

愛された甘いけだるさの残る体でシャワーを浴び、身支度を整えた。知央さんがいつの間にか用意した洋服も下着もサイズがぴったりで驚いた。

身支度を整えて、彼の元に向かうと、ちょうどルームサービスが届けられたところだった。

知央さんはどこかとやり取りをしながら、ホテルのスタッフに指示を出している。テーブルの上に朝食を並べるとスタッフはすぐに部屋を出ていった。

「お待たせしました」

「ちょうど朝食が来たところだ。お風呂はゆっくりできた？」

彼がわたしのところにやってきて、引き寄せると額にキスをひとつ落とした。

「さぁ、冷めないうちに食べよう」

彼にエスコートされ、椅子が引かれた。そこに座ろうとしたけれど彼が先に座ってしまう。あれ？　と思った瞬間、彼がわたしをぐいっと引き寄せて膝の上に乗せた。

「知央さん、これじゃご飯食べられません」

離してほしいと言ったつもりだけれど、彼の腕の拘束は逆に強くなった。

「昨日は無理をさせたから、今日はおとなしく私の言うことを聞いて」

耳元近くで優しく諭すように言われて、わたしは恥ずかしいけれど素直に頷いた。

「いい子だ。ほら、昨日たくさん運動したからたくさん食べないと」

「と、知央さんったら、もう」

羞恥心から顔を赤くするわたしに笑みを向けると、彼はいい香りのするパンを手に取ってひと口サイズにちぎりわたしの口元に持ってきた。

「口を開けて」

素直に従うと、彼が口に次々と料理を運んでくれる。スープはわざわざ息をかけて冷ましてくれるほどの丁寧さだ。

「かわいいな、菫は。ほら、もっと食べて」

彼は楽しそうにしているが、自分ばかりからかわれているような気がする。少し不公平ではないか。

そうだ！

「わたしも食べさせてあげます」

「私に？」

「はい」

わたしは頷いてから、彼の口元にフォークで刺したみずみずしい梨を差し出す。

「はい、どうぞ」

「あーん、と言わないのか？」

完全に面白がっている顔をしている。

「知央さんだって言ってなかったじゃないですか」

しかし彼は不満げに口をぎゅっとつむった。

彼の子どもみたいな態度に思わず顔がほころんだ。

普段は誰もが憧れを抱くような完璧な男性なのにこんな顔をするのかと思うと胸がときめく。

これはわたしだけが知っている彼の素顔なのだ。わたしの中の独占欲が満たされる。

「もう……はい、あーんしてください」

今度は素直に言うことを聞いた彼の口元に、梨を運ぶ。

彼がかじると果汁がフォークを伝ってわたしの手に垂れた。手首をつかまれてそれを舐めとられる。

「……っう」

思わず顔が赤くなる。

しかし彼はわたしの反応を面白がって、まだ舌を手に這わせている。

本当はもうとっくに果汁は綺麗になったはずなのに。

「すごくおいしい。菫も味見する？」

最後に手首にキスをしながら、上目遣いでこちらを見た。

「そ、そうしようかな」

慌てて手を引いて、彼の拘束から逃れる。

やっと恥ずかしい状況から抜け出せた。そう思ったのに……。

「ほら、口を開けて」

彼に言われた通り素直に従うと、そのまま濃厚なキスをされてしまう。

「んっ……」

驚きで固まってしまった。口内にやすやすと侵入した舌はわずかに梨の甘い味がした。

味見って……そういうことだったの？

驚きとともに、いろんな意味で甘いキスに翻弄された朝食だった。

久しぶりにゆっくりと知央さんと朝食をとった後、彼にソファで座って待つように言われる。

目の前には彼が手ずから淹れてくれた紅茶がある。至れり尽くせりだ。

「これから君に来客があるから」

知央さんも一緒で彼がここに招き入れるのならば問題はないだろう。

「はい……でも誰ですか?」

しかし答えを聞く前に部屋のチャイムが鳴り、彼が扉を開けに行った。

そこから顔を出したのは姉と、昨日一緒にいた男性だった。

「お姉ちゃん!」

立ち上がって駆け寄ろうとして、隣に男性がいるのに気が付いてその場で待つ。

「おふたりとも、こちらへ」

知央さんがソファにふたりを連れてきた。

「とりあえず、座ろうか」

わたしの隣に知央さんが座り、その向かいにお姉ちゃんと彼氏が座った。

「菫、急に押しかけてごめんね」

「ううん……あの……」

わたしは姉の隣に座る男性に視線を向けた。昨日はすぐにあの場から離れたので、はっきりとは紹介されていない。

男性はわたしの視線を受けて姿勢を正した。

「ご挨拶が遅れました。百合さんとおつき合いさせていただいております、熊谷《くまがい》と申します」

姉と同じ歳かもしくは年下かもしれない。ほっそりとした体つきで柔和な印象から若く見える。少し緊張しているせいか、声がわずかにかすれていた。

「はじめまして。姉がお世話になっております。妹の菫です」

相手の緊張が伝わってきて、わたしも声が上ずってしまう。

「いえ、こちらこそお世話になりっぱなしで」

「い、いえそんなことは――」

「はい、ストップ。とりあえずふたりとも落ち着いて」

挨拶合戦を繰り広げていたわたしたちを止めたのは姉だった。

「誠、それよりもわたしたちからちゃんと言わないといけないことがあるよね」

姉に促される形で、熊谷さんは今度はわたしと知央さんの顔を順番に見た。

「このたびはおふたりに多大なる迷惑をおかけして、誠に申し訳ありませんでした」

そう言ったかと思うと彼はソファから立ち上がって、その場で深々と頭を下げた。

「や、やめてください。顔をあげてとりあえず落ち着いて」

慌てたわたしが声をかけると、彼が顔をあげ姉の隣に座った。

「僕にもっと自信があれば、彼女に嘘をつかせ僕を試すようなこともなかったし、菫さんや知央さんを巻き込むこともなかったはずです」

「それはたしかにそうだな。本来私と百合さんの協力関係は彼女がイギリスにあなたを追いかけていった時点で終わっている」

知央さんはきっぱり言い切った。

「ダメですよ。そんな……」

止めようとしたが、姉が知央さんに加勢する。

「そうよ。ずっと誠がはっきりしないからこんな強硬手段に出たんでしょ」

「それは本当に申し訳ないと思っている」

熊谷さんは顔をあげて、姉を見ている。

「わたしが他の人と結婚するって言うまで、はっきりしないなんて！　誠はわたしじゃなきゃダメなのに」

お姉ちゃん……すごい自信だ。

姉の勢いに思わず目を見開いて見とれる。

「ごめん、本当にごめん」

熊谷さんは、姉の手をぎゅっと握った。

姉は小さくため息をついた。そしてわたしと知央さんの方を見る。

「でも、ふたりを巻き込んだのは、わたしだから」

そこまで言った姉は、熊谷さんの隣で深々と頭を下げる。

「ごめんなさい。どうしても誠と結婚したくて、ふたりの気持ちも考えずに振り回してしまいました」

「お姉ちゃん、やめて」

頭を下げる姉に声をかけて顔をあげてもらう。

これほど必死な姉を見たことがない。それだけ熊谷さんとの恋は姉にとって大切なものなのだ。

「お姉ちゃんの好きな人と一緒になりたいって気持ちは痛いくらいにわかるから、だからもうふたりとも謝罪は終わりにしてください。そうじゃないとわたし、話を聞かないから」

「菫……」

姉の目が潤んでいる。それだけで十分わたしたちに対する申し訳ないと思う気持ちは伝わってきた。

その様子を見ていた知央さんが口を開く。

「私は、ふたりのことを知っていて協力していた立場だから、ふたりを責めることができない」

「たしかに知央くんは、わたしたちがくっつけば、菫と結婚できるものね」

さっきまでの申し訳なさそうな態度はどこにいってしまったのだろうか。いつもの姉らしいといえば姉らしい。

「お、お姉ちゃん！　なんてこと言うの？」

「いや、いいんだ。事実だからな。菫を手に入れるために協力した。だからといって菫を悲しませたことには変わりはないが。私も判断が甘かった。すまない」

「そんな……もうみんな謝らないでください」

三人から一斉に謝罪を受けたわたしは、慌てながらも事実を知ってほっとした。

「菫には言わなかったけど、今までお父さんとお母さんに何度も彼氏と別れさせられているの。でも誠とはどうしても結婚したかった」

自分とは違い、姉は進学や就職の時も自分で決めた道に進んでいるように見えた。

そんな姉ですら、恋愛は両親に口出しをされていたのだと初めて知る。

「知央くんの婚約者のふりをしていれば、お父さんたち安心するでしょ？　だからずっと隠れ蓑《みの》に使っていたの。菫の知央くんへの想いに気が付かなかったとはいえ苦しめたよね。ごめん」

「ううん。お姉ちゃんにも事情があったんだろうし。わたしはずっと知央さんの妹でいるつもりだったから仕方ないよ」

この結婚話が出るまでは、知央さんへは純粋に憧れの気持ちだけを抱いていた、彼の隣に立つ将来なんて少しも考えていなかった。

だから姉がわたしの気持ちを知らないのは当然だ。自分でさえ彼に抱く気持ちがまぎれもなく恋心だという自覚がなかったのだから。

両親はしばしば「子どものため」と言って、わたしたちの人生に口出しをしてきた。

もちろんいいアドバイスだったことも数えきれないほどある。

しかしわたしたちの意見が無視されることが、何度もあったのも事実だ。

きっと姉の歴代の彼氏もそういう考えの両親の犠牲になったのだろう。

真剣な面持ちの熊谷さんが、本当に申し訳なさそうに体を小さくしながら口を開く。

「百合ちゃんの気持ちはわかっていたのに、決心ができなくて。彼女がひとりで帰国した時に、やっとその大切さに気が付いたんです。僕さえしっかりしていればこんなことにならなかったのに。申し訳ありません」

「本当にそうよ。わたしが好きならそれだけでよかったのに」

姉はあきれた様子で熊谷さんを見ている。

「これが今回の騒動の真相なの。わたしは知央くんと結婚する気なんて一ミリもないからね。もっと他に方法があったかもしれないけれど、最後まで利用して本当にごめんなさい」

姉の必死さが伝わってくる。

あの時受けた衝撃はすごかったけれど、姉のことも好きなのでこれ以上は責めたくない。

「うん、それはわかった。昨日あの時は、心のどこかでわたしよりもお姉ちゃんの方が知央さんにふさわしいと思っていたから余計にショックだったんだと思う。それでとっさに人前で叫んでしまったの」

わたしは知央さんの方を見た。彼もじっとこちらを見ている。

みんなそれぞれが今の気持ちを打ち明けた。わたしもしっかりとみんなの前で、今の自分の気持ちを伝えておきたい。

「でも何があっても知央さんが他の人と結婚するなんて嫌なの——たとえ尊敬するお

姉ちゃんでも」

これまで人前で自分の意見を言うのを控えていた。周りの言うことを聞いていれば、道をふみはずすこともなく両親も安心してくれると思っていた。

でもそれでは本当に自分の望むものは手に入らないのだとやっとわかった。それは知央さんとの結婚がわたしに及ぼしてくれた影響だ。

知央さんとどうしても結婚したいという強い気持ちが、わたしを変えた。

隣から知央さんの腕が伸びてきてぎゅっと抱き寄せられた。

「菫……大人になったね」

姉が感慨深い様子でわたしを見ている。そのまなざしはいつもの優しい姉のそれで、はっきり自分の気持ちを伝えられてうれしさを感じるとともにすっきりした。

「僕が百合ちゃんと結婚する決心がついたのも、おふたりのおかげです。ありがとうございました」

もう一度熊谷さんが頭を下げた。

「あの……生意気なことを言いますが。姉のことよろしくお願いします」

「はい。ご両親にどんなに反対されても僕はもうあきらめません」

はっきりと宣言した熊谷さんの言葉に、それまで気丈にふるまっていた姉は目を潤ませていた。

一時間ほど四人で話をして、姉たちを知央さんと扉まで見送る。

扉の前までできた時、振り返った姉がいきなりわたしを抱きしめた。

「菫、本当にごめんね。それとおめでとう」

「うん、ありがとう。それとお姉ちゃんもおめでとう……でいいんですよね？」

姉の隣にいる、熊谷さんに尋ねた。

「も、もちろんです！　百合ちゃんは僕が幸せにします。必ず」

どこか頼りなげに見える熊谷さんだったが、姉の選んだ人だ。きっと間違いはない。

「菫に釘を刺されるなんて、よっぽどよ。誠」

「うん……わかってる。でもこれからは迷わないって決めたから」

姉と熊谷さんが見つめ合って笑った。きっとこのふたりにはふたりにしかわからない絆《きずな》があるのだろう。

姉の幸せそうな顔を見られたことと、知央さんが昨日真摯《しんし》に説明してくれたことで、昨日のショックが和らいだ。

姉たちを見送って、部屋にふたりになった。

「あ、あの」

わたしは振り返りかけた彼を、背後から抱きしめた。

「菫、どうしたんだ？」

彼は突然のことに驚いたみたいだが、わたしの好きなようにさせてくれている。

「知央さんがいろいろ考えてくれていたこと、すごくうれしかったです。ありがとうございます」

彼の背中に頬を寄せて、ぎゅっと抱きしめた。

「いや、ずいぶん回りくどいやり方になってしまった。反省しているよ、もっと早くに気持ちを伝えていたら、君を不安にさせることはなかっただろうから。ただどうしても菫を自分のものにしたかったんだ。だからあらゆる手を尽くして、結果君に悲しい思いをさせてしまったね」

「でも……お姉ちゃんのことも考えてくれていたんですよね」

「まぁ。知らない仲じゃなかったし。君の大切なお姉さんだから」

わたしは彼に回した手にぎゅっと力を込めた。

「知央さんのそういうところも好きです」

わたしだけでなく姉のことも考えてくれた。両親を安心させるために〝夫婦修業〟を提案してくれた。どれも彼が見せてくれたわたしの周囲への気遣いだ。

そんな彼だから、わたしも好きになった。

「菫、できれば顔が見たいな」

「ダメ。恥ずかしいから」

しかし彼はわたしの手をやんわりとほどいて振り向き、顔をのぞき込んできた。

「こうしないと菫のかわいい顔は見られないじゃないか」

見られたくないから、そうしていたのに。

「キスしても？」

どうしてわざわざ聞いてくるのだろう。断る理由なんてない。

「はい。してください」

「そう、じゃあリクエストにお応えして」

なぜだかわたしからねだったことになったけれど。

こじれた気持ちがほどけて、彼への思いがより強くなった。

キスを受けながら、どんな形でも困難を乗り越えていける、彼と一緒ならと強く思えた。

キスが終わっても、彼はわたしを放すことなく抱きしめていた。

「菫、午後からも少しつき合ってほしいんだが」

「はい。大丈夫ですよ」

彼からの申し出に、内容を確認せずわたしはふたつ返事をした。

「実家に……母に会いに行かないか？」

「えっ」

先日のパーティの話をした時は、できるだけ実家とは関わりを持たないでほしいという意見だった。

それはもちろんわたしを思ってのことだ。

それが急にどういう風の吹き回しなのだろう。

彼に手を引かれてソファに座った。隣に彼も座りわたしの手を握る。

「パーティのことで菫が嫌な思いをしたのは、私が相談もなしに実家と……母と関わらせないようにしたことが原因だよな？」

「はい」

「だから仕切り直しをさせてほしい。最初は私のいるところで会ってもらった方が安心できるから。ただ母が君を傷つけるような発言をしたらすぐに引き上げる。それでいいか？」

「……わかりました」

わたしは彼の手を強く握り返した。

「わたしの気持ちを考えてくれて、ありがとうございます」

「そんな当たり前のことに感謝しないでいい」

わたしは首を振った。

「当たり前のことだから、ちゃんとありがとうって言いたいんです」

きっとこれからずっと一緒にいるために大切なことだ。

「菫……私は君のそういうところが、たまらなく好きなんだ」

わたしはよくわからなくて首を傾げた。

「大人になったら蔑《ないがし》ろにしそうなことを、ちゃんと大切にしているところだ」

「ん？　やっぱりよくわかりません」

褒められているのだろうけれど、実際にどういう意味なのか、いまいちしっくりこない。

「いいさ、わからなくて。私がわかっているから」

彼はわたしの額にキスをして美しい笑みを浮かべた。

ホテルから霧島家まで車で二十分ほど。休日だが車はそこまで多くなくスムーズに霧島邸に向かっていた。

近づくほどにわたしは緊張して、口数が減った。その代わりに頭の中ではあれこれといろいろ考えている。

「リラックスして」

心配した知央さんが声をかけてくれた。

「はい……そうしたいんですけど」

苦笑いしか出ない。

「無理しなくていいって言っても無理するんだろう？」

「はい。せめて先日のことを謝りたいんです。そのうえでまだパーティに参加できそうならお願いしてみるつもりです」

お義母様がわたしを懇親会に招待した本当の意図はわからない。けれど知央さんのパートナーとして招待されたのに欠席はしたくないのだ。

「わかった。私自身母親とはこれまであまり関わってこなかったし、今後も必要なければそれでいいと思っている。ただ菫が母とやり取りするのを邪魔する権利は私にはないから、そこは尊重したい」

「ありがとうございます」

彼とお義母様の間に何があったのかは長年のことで、ひと言では言い表せないだろう。だからわたしもあえて聞かない。

それでも彼はわたしがどうしたいかを優先してくれた。それだけで十分だ。

すべてを理解してもらうのは難しい。でも彼はいつだって歩み寄ってくれる。

「着いたぞ」

大きな門扉《もんぴ》が開き車のまま中に入る。

相変わらずの豪邸を見ると余計に緊張してしまう。とりあえず深呼吸をしてなんとか気持ちを落ち着ける。

車を止めると前回と同じように野中さんが出迎えてくれた。

「お待ちしておりました。知央様、菫様」

「こんにちは」

わたしが挨拶をすると温かい笑顔を見せてくれた。それだけで安心する。

「旦那様と奥様は、ティールームでお待ちでございますよ」

「わかった。ありがとう」

彼がわたしの顔を見たので、頑張って笑みを浮かべた。

「大丈夫だ」

自分で会いたいと言っていながら、怖じ気づいていて申し訳ない。

背中に添えられた手に勇気づけられる。

野中さんがドアをノックするとすぐに中から「どうぞ」という声が聞こえた。

「失礼します。おふたりをお連れしました」

扉を大きく開いてもらい、中に入った。

「いらっしゃい。知央、菫ちゃん」

「こんにちは、おじゃまいたします」

お義父様の隣には、お義母様も座っていた。

「今日は菫ちゃんが来るって聞いたから、首を長くして待っていたよ。さぁ、こっちへ来て座りなさい」

「はい。あの、ありがとうございます」

知央さんが背中を押してくれて、ソファまでエスコートしてくれる。

「あら、その子にはずいぶん丁寧なのね」

お義母様は紅茶を飲みながら、ちらっとこちらを見た。

「当たり前だろう。私も大切な人は大切に扱う」

「あらそう」

気に入らなかったのか、すぐに窓の外に視線を向けてしまった。

最初から険悪な空気が流れて、どうしていいか困惑する。

「こら、ふたりとも菫ちゃんが驚いているだろう」

お義父様がとりなしてくれたけれど、どうやらふたりの関係はわたしが思っているよりも複雑みたいだ。

案内されたティールームは、日の光が差し込んで明るく心地よい空間のはずだが、毎回ここに来る時は胃がひっくり返りそうなほど緊張している。

しかしせっかく来たのだから、きちんと謝罪をして少しでも話をして帰りたい。

みんな忙しいのにわたしのために時間をとってくれている。だからすぐに本題に入ろう。

「先日はパーティへのご招待をお断りして申し訳ありませんでした」

わたしが頭を下げて謝罪すると、お義母様がわたしの方を見て口を開いた。

「本当にね、最近の若い子の考えでは、結婚は自分たちだけがよければいいと思っているようね。こちらが良かれと思ってお誘いしたのに」

「申し訳ございません」

好意を無駄にしたのはこちら側だ。言われても仕方ない。

しかし知央さんはそうは思わなかったようだ。

「あなたがそんな態度だから、菫に確認することなく私が断ったんだ」

「あら、そんな態度ってどんな態度かしら？」

お義母様と知央さんは、無言でにらみ合う。

知央さんはわたしの気持ちを汲んでここに連れてきてくれたのだろうけれど、ふたりの間にある溝はそう簡単に埋まるものではないようだ。もしかしたら今回のことで余計にこじれてしまうかもしれないと思うとドキドキしてしまう。

「菫、わかっただろう。この人とまともに話すなんて無理だ」

「あら。あなたなんかよりもこの子の方がちゃんと話を聞けるわよ。ねぇ」

どちらの意見に頷いていいのかわからずに、目をあちこち泳がすしかできない。

「こら、お前たちふたりともやめなさい」

お義父様が間に入ってくれたが、お義母様と知央さんはどちらも謝罪の意思はないようだ。

「すまないね、菫ちゃん。ずっとこんな感じなんだ」

「そうなんですか……。でもわたしはおふたりとも好きなので、どちらの味方もできかねます」

「あらまぁ。ゴマをするならもっと上手になさい。そんな下手なすり寄りをして誰が喜ぶというの？」

目を三角にしたお義母様がこちらを見た。

「母さん、いい加減にしろ。菫に失礼すぎるだろう」

心配した知央さんはすぐにかばってくれる。ありがたいけれどそれでは以前と変わらない。

「いいんです、知央さん」

「だが、菫――」

わたしが知央さんの方を見ると、彼はまだ何か言いたそうにしていたけれど我慢してくれた。彼にかばってもらうのでは、以前のわたしと変わらない。

「わたしに少しお話しさせてください」

わたしの言葉に、ご両親も知央さんも頷いた。

「いつもわたしの言葉足らずで不快にさせて申し訳ありません」

深々と頭を下げた。お義母様は何も言わずにこちらを見ている。

どうやら話は聞いてもらえるようで、ひとまずほっとした。

「これまでわたしは周囲に〝何もできない菫〟でいることを求められていました。おこがましいようですが、誰かのかわいがる対象であることがわたしの役割だったんです」

両親も姉も知央さんさえも、何もできなくていい。無理しなくていい。そう言っていた。

「でもお義母様はきちんとわたしの努力を認めて、そして改善点も教えてくださいました。頑張りなさいって言われているようでうれしかった。今までそんなふうに言ってくれる人はいなかったから」

これまでは、失敗しないようにすることが一番大事なのだと思っていた。

しかし失敗しても自分でやったことなら、また学びもあるのだと知った。この歳になるまでそれに気が付かなかったのだから、本当に自分は子どもだったんだと思う。

「今回知央さんはわたしの気持ちをわかってくれて、こうやってお義母様のところへ連れてきてくれました。だから、これからも少しでもいいので、ご指導いただきたいんです。……いつかお義母様のような女性になれるように。ですからお断りしたパーティに知央さんのパートナーとして参加させてもらえませんか？」

霧島の家を取り仕切り、ボランティアや企業活動にいそしんでいる姿はわたしの目指す霧島知央の妻の姿だ。背筋を伸ばして立っているだけで、人を惹《ひ》きつける姿はさすがだ。

「私は母のようになられるのは反対だけど。でも菫がそうなりたいっていうなら応援はする」

「はい。ありがとうございます」

歩み寄ってくれることで、彼の愛を深く感じる。

お義母様の様子が知りたくて、視線を向けたが窓の外をずっと眺めている。

やっぱりずうずうしかったかもしれない。

落ち込みそうになった瞬間、お義父様が口を開いた。

「美樹《みき》さん、ほら恥ずかしがってないで。菫ちゃんに何か言わなくていいのかい？」

「わたくしが、恥ずかしがっているですって？　冗談じゃありません。ただ……」

「ただ、どうしたんだい？」

お義父様が、話の先を促してくれる。

「それくらいガッツのある子じゃないと、霧島家の嫁は務まりませんから。そこは認めてあげたいと思います。パーティも参加したいならすればいいわ。着物が無駄にならなくて済むもの」

「本当に君は素直じゃないね。まぁ、そこがいいんだけど」

お義父様はやれやれといった様子で笑っている。

わたしの方を見たお義母様は顔つきこそ厳しいままだったけど、その言葉にはわたしを知央さんのパートナーとして認めてくれるという意味が含まれていた。

「ありがとうございます。これからもよろしくお願いします」

「しっかり頑張りなさい」

お義母様の言葉に、わたしは思わず満面の笑みを浮かべた。

ちゃんと自分の気持ちを伝えられて、ひとまずほっとした。

隣に座る彼の方を見ると、小さくほほ笑んでくれた。しかしすぐにまじめな顔をしてお義母様に視線を向ける。

「母さん、菫には私にしたような強制は絶対にしないと誓ってください」

「あら、わたしがいつそんなことしたかしら?」

とぼけたふりをするお義母様に、知央さんが不快感をあらわにした。

「菫を困らせたら、二度とこの家には連れてこない。私の妻となる女性は生涯彼女だけだから、大切にしてください」

「わかったわ。本当に恋をすると男って面倒になるのね」

あきれたようなお義母様の言葉に、お義父様は笑っていた。

「それは私に言っているのかな？　私は今でも君に夢中だから」

お義母様の手にお義父様が手を乗せた。

「知りません！」

パッと手を離されたお義父様は残念そうだ。

「つれないなぁ。知央も私たちのように菫ちゃんと仲良くするんだよ」

「決してあなたたちを手本にはしません。私たちは私たちなりに幸せになりますから」

彼がもう一度わたしの手を握ってこちらを見た。

わたしは知央さんの〝私たちなり〟という言葉に彼の優しさを感じほほ笑みを返した。

人と比べずに、自分たちの幸せを見つけよう。

彼のその気持ちが何よりもうれしかった。

そしてその週末。霧島家が主催する取引先や一族を集めた懇親会が開催された。

会場となったホテルではエントランスから会場まで、パーティの招待客でごった返していた。

わたしは過去に何度か参加したことがあり、その時もすごい人数だと思った。けれど今日招待する側になってみると、それがプレッシャーとしてのしかかる。

その心細い気持ちを知央さんはしっかりとフォローしてくれた。常にわたしの近くにいて、立ち居振る舞いの手本を示してくれたのだ。

それと同じくらいわたしを支えてくれたのは、お義母様が用意してくれた振袖《ふりそで》だ。美しい振袖は華やかさと荘厳《そうごん》さを兼ね備えている。結婚前の今の時期にしか着られない美しさがある。

着付けをしてもらって、お義母様がドレスではなく着物を選んだ理由がわかったような気がした。自信のないわたしはとかくうつむきがちだ。そうなると気を付けていないと姿勢がすぐ悪くなる。

しかし着物を着ていると自然と背筋が伸びた。そうすると気持ちがシャキッとするような気がする。

さすがだと思った。厳しい人ではあるけれど、きちんとそこに理由がある。そしてただ厳しいだけの人ではないのはこういった気遣いの端々に見て取れた。

その日も立派に主催者であるお義父様のパートナーとしての役割をきちんと果たされていた。知央さんは賛成しないだろうけれど、やっぱり憧れてしまうと今日あらためて思った。

役割を終えたわたしは、一足先に控え室として使っているホテルの一室でひと息ついていた。初めて知央さんのパートナーとして参加したわたしは、疲れてはいたけれど充足感でいっぱいで今日のことをいろいろ思い出していた。

反省しないといけないことばかりだけど、それでもなんとかやりきれてほっとした。

その時ドアがノックされた。

「はい」

知央さんが帰ってきたのだと思い、ドアを開ける。

「おかえりなさい」

「ただいま。お客さんを連れてきた」

知央さんの背後に視線をやると、彼に連れられてきた、両親の姿があった。

「お父さん、お母さん！」

今日のパーティに参加していると聞いていたものの、忙しくて挨拶すらままならなかったのだ。

久しぶりに会ったふたりは、満面の笑みでわたしの姿を褒めてくれた。

「あぁ、菫。その着物、本当によく似合っているよ、見違えるようだ。ついこの間まで赤ちゃんだったのに」

「あら、あなた。赤ちゃんは言いすぎよ」

両親の様子に思わず笑ってしまった。

過干渉ではあったものの、愛情はたっぷり注いで育ててくれた。そのことには感謝しかない。

「宮之浦さん、わざわざご足労いただいてすみません。こちらに座ってください」

知央さんは両親に奥にあるソファを勧めると、すぐにわたしの手を引いてエスコートしてくれた。

両親の前に彼と並んで座る。面と向かって話をするのは〝夫婦修業〟の宣言をしたあの日以来だ。

「本日おふたりに来ていただいたのは、正式に菫さんとの結婚の承諾を得たかったからです」

彼はさっそく本題に入った。

〝夫婦修業〟の期間と定めた三か月。まもなくその期間を終えることから、両親も話の内容について予想していたようだ。

父は落ち着いた様子で口を開いた。

「今日の菫はすごく立派だった。だが心配なのは変わりない」

「お父さん……」

たしかに知央さんに助けられた場面が多々あった。そう言われても仕方ない。だが父は優しい顔で話を続ける。

「でもな、霧島の奥様が我々のところまでやってきて、話をしてくれたんだ」

「はい」

何を言われたんだろう。今日もたくさん失敗をしたから不安だ。

「至らないところはもちろんあるけれど、笑顔で乗り切ることができるのはご両親の育て方がよかったからですねって」

「そうなの。まさかそんなふうに言ってもらえるとは思っていなかったから、わたしも驚いてしまって。知央くんの前で言うのもあれだけど、奥様はめったに人を褒めない方だから」

霧島家と宮之浦家とのつき合いは長く、それに加えて母は一緒にボランティア活動をしているのでお義母様のことはよく知っている。

「いや、おっしゃる通りです」

知央さんは苦笑いしている。

「そして何よりも息子がベタぼれしてるから、どうかふたりの結婚を許してほしいって言われてしまったよ」

わたしは知央さんと顔を見合わせた。

お義母様には、先日たしかに結婚を賛成してもらえた。でもまさかわたしの両親にまでそんなお願いをしてくれるなんて、思ってもみなかった。

「まさか、あの人がそんなことするなんて」

わたしよりも知央さんの方が驚いているようだ。

「そんなふうに言われたら、ふたりの釣り合いが取れないからなんて理由で反対なんてできないわ」

父と母がわたしたちにほほ笑みかけた。

「知央くん、菫。結婚おめでとう。ふたりで幸せになるんだよ」

父の言葉を聞いた瞬間に目頭が熱くなり涙がこぼれた。

「ありがとうございます。菫さんは一生かけて幸せにします」

彼がわたしを抱き寄せて、涙を拭いてくれた。

見上げるとそこには眩しい笑みを浮かべる彼がいた。

両親はこれから予定があるらしく、すぐに部屋から出ていった。名残惜《なごりお》しくて最後まで手を振ってふたりを見送った。

部屋には知央さんとふたりきりになる。

「さみしい？」

「それなりに。ついこの間までは一緒に暮らしていたのに、今は別の家に帰るんだって思うとなんとなく切なくなってしまって」

「そうか。菫の帰る場所は私のところになったんだ。そのさみしさは私がちゃんと受け止めるから」

わたしの気持ちをしっかり理解してくれる。それだけでそれまで感じていたさみしさがうすれていくのだから、彼の力は偉大だ。

彼がわたしを引き寄せると、そっと額にキスを落とした。それだけで胸がいっぱいになる。うっとりと彼の腕に抱かれていると、部屋にチャイムの音が鳴った。

わたしが対応しようと立ち上がったら、知央さんが先に歩きだした。

「疲れているだろう。そこで座っていて」

たしかに朝から緊張しっぱなしで疲れている。彼の言葉に甘えることにした。

そういえばお姉ちゃんからメッセージがきていたな。姉も熊谷さんとの結婚を近いうちに両親に報告するようだ。

許可ではなく、事後報告というところが姉らしい。

もしかしたら反対されるかもしれないけれど、あの日の姉と熊谷さんの様子を見ているので大丈夫だと思えた。

ふと鼻をくすぐる甘い香りに顔をあげると、知央さんが大きなバラの花束を抱えて立っていた。

「それどうしたんですか？」

スマートフォンから顔をあげたわたしの前に、彼が膝をついた。

「え？」

驚いたわたしに彼がそのバラの花束を差し出す。

「宮之浦菫さん。結婚してください」

「知央さん？」

彼からの突然のプロポーズに、驚きとときめきで心臓がキュンと甘い音をたてた。

心拍数と体温が上がりそれと同時に目頭が熱くなる。

今日はもう何回感動すればいいのだろうか。

「小さなころから見てきた菫を幸せにできるのは、私しかいないし、私を幸せにできるのは菫しかいないんだ」

わたしはうんうんと目元ににじんだ涙を拭いながら頷いた。

「わ、わたしも。知央さんとしか幸せになれないし、知央さんを幸せにしたい」

わたしにはこの人しかいないから。

「末永くよろしくお願いします」

わたしが花束を受け取りながらそう伝えると、彼はぎゅっとわたしを抱きしめた。

「つ、潰れちゃう」

「悪い。でもこの喜びをどうしたらいいのかわからないんだ」

腕を緩めた彼がわたしの目を見つめる。そして濃紺の小箱の中から指輪を取り出した。

形こそシンプルな一粒ダイヤだったが、それは目を見張るほど大きかった。

息をのむほどのきらめきに言葉を失う。

「手を出して」

わたしは言われるままに彼に左手を差し出した。

彼がゆっくりと薬指にその指輪をはめる。ずっしりと重い指輪の輝きに目を奪われた。

「素敵、とっても綺麗」

手をかざして、うっとりと見つめる。

「いつか菫に渡したいと思って買っていた原石が役に立ったよ」

「えっ！」

原石から指輪にしたって……スケールの大きな話に驚きを隠せない。

「そんなにびっくりしなくてもいい。私が勝手に用意したものなんだから。菫はただ喜んでくれるだけでいいんだ」

「ありがとう、うれしい」

彼がそう望むなら、難しいことは考えずにただ喜びたい。

「私もやっと渡せてうれしいよ。これで悪い虫は一生つかない」

彼は満足そうに笑っている。

わたしはふと、今が小さいころに憧れていたシチュエーションそのものだと感じた。

「恥ずかしい話なんですけど……わたし何度か知央さんとの結婚を妄想したことがあって……」

わたしの人生において彼よりかっこいい人が存在しなかった。だからいつだって恋の妄想の相手は知央さんだったのだ。

恥ずかしいけれど、ずっと好きだったと言ってくれた彼に応えたい。

「だから今わたしの夢が叶いました。すごく幸せ」

今度は勢いよくわたしから彼に抱き着いた。

恥ずかしくて顔を見られたくなかったからだ。

彼はしっかりとわたしを抱きしめた後、額にそっとキスを落とした。

「そんなにかわいいことを言われたら、もう二度と離せなくなる。わかっているのか？」

「もちろんです。誰に何を言われようと、わたしは胸を張って霧島知央の妻だと言います」

「菫……」

耳元で彼がわたしを呼んだ。その吐息交じりの甘い声に全身がしびれる。

「菫、かわいい菫。好きだよ」

彼が耳にキスを落とす。次に額に、その次に鼻先に……。唇にいっそう深いキスをされると、わたしは彼のそれに応えるのに精一杯だ。

夢中になってキスをしていると、体の締め付けが緩くなる。あっという間に帯が緩み、着物の合わせから彼の熱い手のひらが侵入してきた。

「あ……ダメです。ちゃんと脱がないと、せっかくお義母様が選んでくださったのに」

きっと時間をかけて選んでくださった立派なものだ。こんなふうに雑に扱っていいものではない。

「夫婦が仲良くした結果なら、問題ない」

「そんな」

抵抗しようとするけれど、彼に触れられると体に力が入らない。

それをわかって彼はわたしの弱いところを甘く攻める。

「少しだけ……待って」

なんとか彼を制して、流されそうになるのを必死でこらえる。

「悪いが少しも待てない。さっき菫の夢を叶えたんだから、次は私の夢……というか願望を叶えてくれてもいいだろう」

「願望……ってこれがですか？」

「あぁ。綺麗に着飾った愛しい人を目にして抱きたいと思わない男はいないよ」

熱のこもった目で見つめられて、体に火がついたように熱くなる。

「そんな」

「だから、拒否しないで受け入れなさい」

甘くとろける声で言われたわたしは、小さく頷いて彼を受け入れるしかなかった。


それから五か月ほどたった五月の末。

新緑の眩しい季節。この日は雲ひとつない青空が広がっていた。

霧島邸の庭では美しい色とりどりのバラの花が、こぼれんばかりに咲き乱れていた。

庭師が一年中手入れを欠かさぬその庭に、今日は赤い絨毯が敷かれ、テーブルがセッティングされている。霧島家のお手伝いさんたちがあわただしく準備をして、責任者である野中さんはあちこちとせわしなく動きまわっていた。

今日、わたしと知央さんの結婚披露《ひろう》パーティがここで行われる。

いろいろな場所を検討したけれど、わたしはこの霧島邸の庭での開催にこだわった。

霧島のお義母様は「面倒なことを」とおっしゃったけれど、協力してくれたおかげでわたしが想像したよりもずいぶん立派なパーティになりそうだ。

庭が見下ろせる一室で、わたしは母と姉と一緒に選んだ出来上がったばかりのウエディングドレスを身に着け、参列してくださる方々がやってくるのを窓から見ていた。

はぁ、やっぱり緊張する。

大きな姿見に映るわたしは、プロのヘアメイクでまるで自分でないかのように美しく仕上げてもらった。

ただ中身は相変わらずのわたしなので、朝からずっと緊張している。

ノックの音が聞こえてきて、誰かが入ってきた。

「菫さん、準備はよろしくて？」

黒い留袖に身を包んだお義母様は、まばゆいばかりの仕上がりだ。オーラからして存在感が違う。

「はい、大丈夫です。お義母様」

わたしは笑ってみたつもりだったが、顔が引きつっているのが自分でもわかる。

「あらまぁ。どんなにあがいても後一時間ではじまるわ。主役なんだから、しっかりしなさい」

お義母様のそんな叱責《しっせき》にも苦笑いくらいしかできない。

「はい、努力します」

お義母様らしい言葉だ。

でもわたしを心配してここに来てくれているのは優しさからだとわたしは知ってい

る。

「本当にあなたという人は、心配でついつい手を出してしまうわ」

お義母様は少しきょろきょろした後、鏡台の前にあるメイクボックスの中から口紅とリップブラシを手にしてわたしの前までできた。

「ここに座りなさい」

お義母様はご自身で美容サロンを経営しているだけあってセンスは抜群だ。

わたしはお義母様の言う通りに椅子に座った。するとわたしの目の前でかがんだお義母様がわたしの唇に紅を塗っていく。

「知央にはずいぶん嫌われてしまったけれど、それでもわたしはあの子の母親だわ。だから言わせてちょうだいね」

お義母様は口紅を塗り終わると、膝に置いてあったわたしの手をぎゅっと握った。

「知央を、よろしくお願いします」

「……はい」

思わず目頭が熱くなる。

これまでふたりのやり取りを見ていた。お互いいろいろと意地になっているように見えるけれど、それでもやはり親子なのだと思うことも多い。

「あら、何を泣いているのよ。またメイク直ししなきゃいけないじゃないの」

怒った様子のお義母様だったが、その後わたしの化粧を綺麗に直してくれた。

ふたりであわただしくメイク直しをしていると、ノックの音がして知央さんが顔を出した。

「そろそろ時間だけど、楽しそうだな」

わたしとお義母様のやり取りが外まで聞こえていたみたいだ。

「嫁と姑の仲がいいのは良いことだ」

後から来たお義父様は、いつにもまして穏やかな笑みを浮かべている。

「本当に我が家の男はうるさいわね。ほら、菫さん行きましょう」

「はい、お義母様」

わたしが立ち上がると、すぐに知央さんがやってきてエスコートしてくれる。お義母様はお義父様の腕に手を絡めている。

夫婦や家族にも、これからいろいろな問題があるかもしれない。

でもわたしはこの幸せな光景をいつまでも覚えておこうと誓った。

開始の時間になり、父にエスコートされたわたしは、拍手でみんなに出迎えられた。

父の腕に手をかけて、赤い絨毯の上をゆっくりと歩く。

その先には彼がわたしを待っている。

「お父さん。これまで育ててくれてありがとう」

隣を歩く父に、感謝の気持ちを伝える。

「菫……いつも家族の太陽だったよ。これからは知央くんと明るい家庭を作りなさい」

「はい」

父の言葉に泣きそうになる。せっかくお義母様が美しく仕上げてくれたのに。

彼の前まできて、わたしは知央さんが差し出した手を取った。

「お嬢さんを必ず幸せにします」

「……よろしくお願いします」

知央さんと父の間で交わされた言葉。身近にこんなにもわたしのことを大切に思ってくれている人がいる。幸せで胸がいっぱいだ。

「ほら、ぼーっとしてないで。私の方へ来て」

「はい」

彼に手を引かれて、みんなの前に立つ。

たくさんの人たちの前に立ち、ドキドキと心臓はうるさい。

だけど今までのように、縮こまったりせず背筋をまっすぐ伸ばして、みんなの方へと視線を向けた。

「菫、最高に綺麗だよ」

彼がわたしにだけ聞こえるようにささやいた。

その言葉に思わず顔をほころばせる。

「その笑顔がみんなを幸せにする。だからこれからもずっと笑っていてほしい」

彼はそう言った後、目の前にいる招待客に向かって声をあげた。

「本日はお集まりいただきまして誠にありがとうございます」

ふたりで頭を下げた。そして彼は高らかに宣言する。

「私のかわいい妻を紹介します」

END

番外編　全力で看病しよう

エビに鶏のもも肉。玉ねぎにブロッコリー、立派なマッシュルームもかごに入れる。デザートは、さっき入り口の近くにあった、シャインマスカットがすごくおいしそうだったからそれを買って帰ろう。

夕方のスーパーでは、晩ごはんの材料を調達する人たちが、あちこちで食材を手に取っている。

「今日のメニューは何？」

「きゃあ」

いきなり背後から声をかけられて、驚いて振り向いた。

「知央さん、どうしたんですか？」

驚いたわたしを見て、いたずらが成功した彼は楽しそうに笑っている。

「エントランスで買い物に向かう董を見つけたから、ついて来た」

「え、早く話しかけてくださいよ」

まさかマンションからだなんて、全然知らなかった。

「まったく気が付かない君が悪い。危機管理ができてなくてこれはちょっと問題だな」

「う……ごめんなさい」

近くにあるスーパーまで、ずっと今日の献立を考えて歩いていた。集中していて周囲をまったく見ていなかった。

「まぁ、危機管理の話は後にするとして、それで今日は何を作る予定？」

そう聞きながら、わたしの手にあった買い物かごを持ってくれた。

「グラタンなんてどうかなって思ってるんですけど」

「そうか、いいな」

彼の反応がよくて安心した。

「結構自信があるんです。楽しみにしてください」

これまで何度か作って失敗してない。知央さんに出してもきっと合格点をもらえるはず。

結局晩ごはんの材料だけでなく、週末にふたりで楽しもうとワインやチーズなども買って、結構な量になった。ひとりでは持ちきれない荷物も、彼が全部持ってくれたので助かった。

「買いすぎちゃいましたね」

「たしかにな」

彼は苦笑を浮かべながらも、たくさんの荷物を軽々と持ち上げた。それを頼もしく思いながら彼の隣を歩く。

「でも楽しかったです。ふたりで話をしながらお買い物するの」

「いつもあまり一緒にいられなくて、悪いな」

彼がわたしの頭をぽんぽんと撫でた。

「仕方ないですよ。知央さん忙しいんだし」

「あまりに聞き分けがよくてさみしいな。そこは、少しくらいわがまま言ってもいいんだぞ。夫婦なんだから」

急に言われても……と思ったけれど、ひとつひらめいた。

「じゃあ、こうしてもいいですか？」

わたしは彼の腕に、自らの腕を絡め、彼の方を見る。

すると彼は一瞬驚いた顔をしたけれど、その後顔をほころばせた。

「もちろんですよ。奥様」

顔を見て笑い合ったわたしたちは、そのまま帰路についた。

マンションまでの短い道のり、わずかの時間のデートを夫婦で楽しんだ。

エントランスに到着し、彼が暗証番号を入力するとすぐに扉が開いた。彼に先に入るように言われて、一歩中に入ったその時。

「きゃあっ！」

何かが思い切りぶつかってきて、わたしはその場にしりもちをついてしまう。

「菫！　大丈夫か？」

「はい、なんとか」

わたしは胸に飛び込んできたものを、しっかりと抱き留めた。どうやら五歳くらいの男の子だ。

「あなたは、大丈夫？」

男の子はいきなり現れたわたしに驚いているのか、言葉もなくきょとんとしている。

どうやらエントランスのドアが開いたので、勢いよく飛び出してきたみたいだ。

「このマンションに住んでいる子でしょうか？」

「コンシェルジュに尋ねてみるか」

知央さんがわたしと男の子を抱き起こしてくれ、カウンターに向かおうとした時。

「ゆうくん！」

エレベーターホールからひとりの女性が、息を切らして走ってきているのが見えた。

「ゆうくん、ダメじゃない。勝手におうちを出たら。ママすごく心配したのよ」

母親が現れると、それまで黙ったままだった子は、ワンワンと泣きはじめた。

子どもを無事に母親に引き渡せてほっとした。

「とりあえず、こっちは大丈夫そうだな？」

知央さんの問いかけにわたしは頷いた。

「すみません、本当に。お怪我はありませんか？」

男の子を抱き上げた女性は、わたしたちに深々と頭を下げた。

どうやら赤ちゃんにミルクをあげている間に、ドアを開けて出ていってしまったようだ。

女性の様子から、動揺していた様子が伝わってきた。ものすごく心配したに違いない。

「何かありましたら、必ずおっしゃってください」

「はい。今のところは大丈夫です」

女性に抱っこされた男の子は最後にはこちらに手を振っていたので、わたしも手を振った。さっきまで泣いていたのに、子どもって不思議だな。

「男の子って、元気いっぱいですね」

「まぁ、みんなあんなものだな」

「知央さんもそうだったんですか？」

彼の小さなころがあまり想像できなくて、好奇心から尋ねてみる。

「まぁ、庭のバラをあちこちむしりとって、大目玉を食らったことがあるし、庭の池にも二度落ちた」

「え、そんな。初耳です」

今の落ち着いた彼からは想像できないけれど、どうやらかなりやんちゃだったらしい。

「こんな恥ずかしい話を、わざわざ菫にするはずないだろう。いつだって君の前ではかっこよくありたいんだから」

彼がそう言いながら、わたしの右手をつかんで引き寄せようとした瞬間、手首に痛みが走る。

「痛っ」

「悪い、大丈夫か？」

「はい。もしかしたらさっき手をついた時に少しひねったかもしれません」

さっきまではなんともないと思っていたけれど、なんだかわずかに痛みがあるように思えた。

「わかった。部屋に着いたらすぐに冷やそう」

「はい」

さっきはなんともなかったのに、両手を比べてみるとたしかに右手首の方がわずかに腫れているように見えた。

部屋に到着すると知央さんはわたしをソファに座らせ、すぐに氷嚢《ひょうのう》と救急箱を持ってきて手当をはじめる。

「よく見せて。手首曲げられるか？」

言われるままに差し出し、言われた通りにする。

「……っう。曲がりますけど少し痛いです」

「捻挫《ねんざ》だろうな。病院に行こう」

彼は心配そうな顔をしていたけれど、ほんの少し痛いだけだ。時間外の病院に行くほどではない。

「いえ、たぶんそこまでひどくないと思います。一時的なものでしょうから、湿布《しっぷ》をしていれば治りますよ」

何もしていなければ痛みもない。おそらく数時間安静にいていれば問題ないはずだ。

「本当なんだな？」

「知央さん心配しすぎです。少し冷やせば平気なので」

わたしが笑ってみせたが、まだ彼は不満そうだ。

「妻を心配しすぎるなんてことないだろう。私の宝物なのに」

彼がわたしの髪を一束取って、そこに口づけた。相変わらず彼はわたしを甘やかす天才だ。

彼はわたしの手に手早く湿布をして包帯を巻いた。

「菫はそこで安静にしていなさい」

手当を終えた彼が、救急箱を持ち立ち上がる。

「でも、グラタンが……」

「いいから座っていなさい。最近忙しかったから、料理でもして気分転換をするよ」

彼は救急箱を片付けると買ってきたものを持ち、キッチンに向かうと手早く料理に取り掛かった。

何をしても器用にこなす彼だから、料理も普段からやっているかの如く手際よくこなしていく。

せめてカトラリーや食器だけでも準備しようと思っていたのに、少しでも動くと彼から座っているようにと言われた。

結局わたしは何もしないまま、料理ができるのを待つ。

しばらくするとダイニングに移動したわたしの前には、熱々のグラタンとサラダ、それにコンソメスープが並んだ。

「すごい、おいしそう」

感激して思わず拍手をしてしまう。

「あっ」

顔をゆがめたわたしの元に、彼が血相変えてやってきた。

「大丈夫か？」

「ごめんなさい。ちょっと油断していました」

言い換えてみれば、何もしていなければまったく痛くないということなのだけれど。

「とりあえず、じっとしていなさい」

「はい……」

また心配させることになってはいけない。そう思って、わたしはかいがいしく動く彼が座るのを待った。

「さぁ、食べようか」

準備が整い、彼が椅子に座った。

「はい、いただきます」

手を合わせて食事をはじめようとした。しかしフォークなどのカトラリーがわたしの前にない。

準備し忘れたのかな？

立ち上がってキッチンに取りに向かおうとすると、彼に止められた。

「どうかしたのか？」

「あの、わたしの分のフォークがなくて」

「それでいいんだ。座りなさい」

どういう意味だろう。不思議に思ったけれど、素直に従った。

「利き手が使えないんだから、自分で食べるのは無理だろう。私が食べさせる」

「でも、左手なら使えますし」

彼は左右に頭を振って否定した。

「こういう時くらい、甘えていいんだよ」

そう言われると、わたしはおとなしく彼の言うことを聞くしかなかった。

「ほら、口を大きく開けて」

言われるままに従う。たしか以前もこんなことがあったような……。

「ん～すごくおいしい。なんだろう、わたしが作るのと少し味が違う」

「それはもちろん、私の愛情がたっぷり入っているから」

臆面《おくめん》もなくそんなことを言われ、思わずむせてしまう。

「ん……ごほっごほっ」

「恥ずかしがって、かわいいね。ほら、水を飲みなさい」

ストローが差してあるグラスを彼が口元に持ってくる。

本当に至れり尽くせりだ。

「今日一日は安静にしておかないといけないから、菫の世話は全部私がやる」

とても張り切っていて、なぜだか楽しそうに見える。

そこまでしてもらうほどたいした怪我ではない。少し申し訳ない気持ちもあるけれど、楽しんでくれているならそれでいいかと思えた。

――しかし。

私は今、知央さんの親切に必死になって抵抗している。

「本当に、お風呂は大丈夫ですから！」

「ダメだ。怪我をしている菫をひとりで風呂に入れるわけにはいかない。もし中で何かあったらどうする？」

「大丈夫です。何もないですから」

わたしたちはお互いの主張を譲らず、押し問答を繰り返した。

そして結局お互いが歩み寄って彼は服のままわたしの介助をしてくれることになった。

湯気のこもるバスルームで、知央さんは湯舟に浸かるわたしの髪を綺麗に洗ってくれている。

「泡が目に入るといけないから、目をつむって」

言われるままにしっかり閉じた。そのせいか彼の動きや息遣いをいつもよりも顕著《けんちょ》に感じる。

「少し伸びたな」

「そうなんです。結婚式のために頑張って伸ばしているんです」

「綺麗な髪だ」

彼はそう言ったかと思うと、わたしの肩口にキスをした。

「ん……知央さん、いたずらしないでください」

わたしが少し怒ってみせると、彼はまったく反省していない様子で笑っている。

「悪かった。つい出来心で」

そう言いながらももう一度、今度は舌を這わせてくる。

「くすぐったいっ。もう、ダメです」

そんなふうに彼のいたずらに翻弄されながら、至れり尽くせりの入浴時間が終わった。

「先に寝室で待っていてくれないか。私もシャワーを済ませてくる」

リビングでわたしの髪を毛先までつやつやにした彼が、そう言い残してバスルームに消えていった。

バスローブ姿のわたしは言われるままに寝室に向かい、彼がやってくるのを待った。

今日は何もかも彼にやってもらって申し訳ないな。

結局知央さんはなんでもできてしまう。

わたしは自分が手入れしたよりもサラサラになっている自分の髪を見ながらそう思った。料理も掃除も何もかもわたしよりも上手だ。

「菫。マスカット食べるだろう」

まだ濡れ髪のままの彼が、お揃《そろ》いのバスローブ姿で現れた。

「うん、ありがとう」

お皿にのせた、今日買ったシャインマスカットを彼が持ってきてくれた。お行儀が悪いけれどベッドでいただくことにする。

ベッドに座った彼が、ぶどうを一粒取ってわたしの口元に運んできた。わたしは素直に口を開けて食べる。

「ん！　みずみずしくておいしい。知央さんは食べないんですか？」

せっかくなので、彼にも味わってもらいたい。

「じゃあ、菫に食べさせてもらうかな」

「はい、わかりました。少し待ってくださいね」

わたしは怪我をしていない左手で、ぶどうを取って彼の口元に運ぼうとした。

「ん～そっちじゃなくて、こっちかな」

彼はわたしの手を取ると、彼の口元ではなくわたしの口元にマスカットを持っていく。

「えっ」

口を開いた途端マスカットが落ちそうになったので、慌てて咥えた。その瞬間に彼に唇を奪われる。

「んん⁉」

わたしの口の中で少し潰れてしまっていたマスカット。侵入してきた知央さんの唇が奪っていく。

「ん、うまいな」

「何を……」

恥ずかしくなって顔が赤くなる。どんなに肌を重ねていてもこういう不意打ちには慣れなくて羞恥心で体が熱くなる。

「頑張った私にご褒美をくれてもいいだろう？」

「これがご褒美になるんですか？」

「もちろん」

うれしそうにしている姿を見て、彼が喜ぶならいいかと思う。

「もっと食べたい。いいだろう」

今度は彼が自分の指でつまんだマスカットをわたしの口に運ぶ。軽く前歯で噛んで彼の唇に寄せる。

彼が舌を使い、器用にマスカットを食べた。

「すごく甘い。そう思わないか？」

唇が触れる距離で、彼がささやいた。

わたしが頷くと彼が唇を奪い、催促するようにもう一度、わたしの口元にマスカットを運んでくる。

しかしタイミングが悪かったのか、うまく咥えられずにマスカットがころころと転がった。

「あっ……冷たい」

うっかり転がったマスカットは、わたしのバスローブの緩い合わせの間から侵入した。すぐに取ろうとしたわたしを彼が止める。

「じっとしていて」

彼に言われるまま、動かずにいた。すると。

「えっ……待って」

わたしの言葉も聞かず、彼はバスローブの合わせに手を入れて中を探りはじめた。

「ん……待って。そこじゃない」

「じゃあ、こっちか?」

彼の手のひらがわたしの素肌の上を、探るように動きまわる。

「……ダメ、ちょっと待って」

「待たない。こっちだな」

「ダメっ」

彼がわたしの反応を見て、ニヤッと笑った。

「もう、絶対わざとやってますよね」

「ばれたなら、遠慮しなくていいよな」

開き直った彼は、ついにわたしの胸元に顔をうずめた。

さっきまで手のひらで撫でられていたところを、今度は彼の舌が這い回る。

「知央……さんっ」

彼に触れられた箇所から、どんどん体が熱くなってくる。体がビクッと跳ねるたびに恥ずかしくなる。

「そんないい反応されると、もっとやりたくなる」

そんなことを言われても、どうやったって彼に触れられると反応してしまう。

「ほら、そんな身をよじらないで。マスカットを探せないだろ」

本気で探してますか？　聞きたいけれど今、口を開いたらあられもない声が漏れてしまう。

「ん……もう、いい……から」

これ以上はわたしの体が耐えられそうにない。

「捜索を打ち切る？」

わたしは必死に頷く。

「私が欲しい？」

熱のこもった目で見つめられて、わたしはその質問にも何度も頷いた。

「かわいい」

そう言いながら笑った彼が、体を起こしてわたしにキスをした。

「……ん？」

わたしの口の中に、行方不明だったはずのマスカットが押し込まれた。

反射的に咀嚼《そしゃく》する。

「あったんですか？」

彼がにやりと笑う。

「手首はまだ痛いかい？」

「いいえ、もう平気です」

お風呂から出たあたりにはもうほとんど痛みを感じなかった。

「じゃあ、次は私のデザートをいただこうかな？」

彼のうかがうような視線。それだけで何を意味しているかわかった。これも夫婦だから？

そんなことを考えられる余裕があったのは、一瞬のことで。

「いただきます」

彼のその言葉を最後に、わたしは本当に彼に体の隅々まで味わい尽くされた。

優しいけれど強引な彼の情熱的なキスは、さっき食べたマスカットよりもずっとずっと甘かった。

仲良し夫婦の、ある甘い一日の話。

END

あとがき

はじめましての方も、お久ぶりの方も。

このたびは『年の差溺愛婚～年上旦那様は初心な新妻が愛しくてたまらない～』をお読みいただきありがとうございます。

毎回お話を考える時に、ハッピーエンドは絶対として、そこに向かってどういうキャラクターをどういうシチュエーションで動かしていくかを考えます。

今回はどうしても、年の差カップルを描きたい！　と思い、執筆をはじめたのはいいのですが、これがなかなか表現が難しく苦労しました。

私の好みで、大人の男性が好きな人の前だけは子どものような一面を見せるのが大好物で今回も随所にちりばめました。

いつもスマートなのに恋愛に関しては不器用なのも、私の中でポイントが高いです。

思い切り私の好きなパターンを詰めこんだ作品ですが、皆さんも楽しんでいただけたなら幸いです。

表紙のイラストを描いてくださった、茉莉花先生。

マリアベールにタキシード、幸せいっぱいのふたりを描いてくださってありがとうございます。

そして編集部の方々。今回も大幅に原稿が遅れてしまいご迷惑をおかけしました。おかげで悔いなく描ききれました。ありがとうございます。


そして読者の方々。

たくさんの本の中から選び、読んでいただきありがとうございます。日常のわずかな時間、私の作品でリラックスしてお楽しみいただけたならうれしく思います。

またどこかで見かけた際は、お手にとっていただけるとうれしいです。

高田ちさき

marmalade bunko

マーマレード文庫

年の差溺愛婚
～年上旦那様は初心な新妻が愛しくてたまらない～

2024年5月15日　第1刷発行　定価はカバーに表示してあります

著者　高田ちさき　©CHISAKI TAKADA 2024

発行人　鈴木幸辰

発行所　株式会社ハーパーコリンズ・ジャパン
東京都千代田区大手町1-5-1
電話　04-2951-2000（注文）
0570-008091（読者サービス係）

印刷・製本　中央精版印刷株式会社

Printed in Japan ©K.K. HarperCollins Japan 2024
ISBN-978-4-596-82348-9

m a r m a l a d e b u n k o